Die Blutfinca

Von Jorge de la Piscina

Das Buch

Ein geheimnisvoller Azteke, grausam entstellte Leichen und ein Haus, in dem vor rund 500 Jahren ein Mord geschah ...

Der ehemalige Kriminalbeamte und Profiler Marc Renner hat gerade sein Restaurant eröffnet, als das Grauen den malerischen Küstenort Cala Pi heimzusuchen scheint. Ein Leichenfund folgt dem nächsten und immer wieder erscheint kurz zuvor der Azteken-Prinz auf der Klippe. Renners Erfahrung ist gefragt und schon bald befindet sich der bodenständige Profiler auf den Spuren einer uralten Legende – der Legende um die Blutfinca. Aber wer ist sein Gegner? Kämpft er gegen einen Geist, ein Haus oder doch gegen einen brutalen Killer aus Fleisch und Blut? – Ein Mallorca-Thriller um ein mysteriöses Haus, das vor langer Zeit verschwand.

Über den Autor

Jorges Leben begann schon, wie ein guter Roman beginnt: Als Findelkind auf den Treppen der Kapelle Santa Maria de la Piscina in einem kleinen Ort namens Pecina im Norden Spaniens aufgefunden, wuchs er letztlich in Deutschland bei seinen Adoptiveltern auf und lebte und arbeitete dort jahrelang als Wirtschaftsredakteur. Heute lebt Jorge auf Mallorca in einem kleinen Dorf namens Cala Pi nahe der kleinen Stadt Llucmayor und schreibt von dort aus Fachbeiträge für ein überregionales deutsches Wirtschaftsmagazin. Sein erster Roman, die Blutfinca, erschien am 1. Juli im Epyllion Verlag.

Die Blutfinca

Ein Mallorca-Thriller

Jorge de la Piscina

Epyllion

Coverdesign: Pro_ebookcovers
Cover-Foto: ©vulcanus - stock.adobe.com / ©nejron - depositphotos.com

Lektorat: Nicole Zöllner
Korrektorat: Jonas Katzenberger, pingelkopf.de

ISBN 978-3-947805-01-3 (E-Book)
ISBN 978-3-947805-00-6 (Print)

1. Auflage, 2018

Epyllion Verlag
Ludwigstraße 23
76709 Kronau
Herausgeber Jochen G. Fuchs
info@epyllion.de
www.epyllion.de

In Liebe für meine Frau Caroline,
die den Familienbetrieb aufrecht erhält, während ich schreibe. Ich
bin dankbar, dich an meiner Seite zu haben.

Inhaltsverzeichnis

Prolog   7

1. Renners Restaurant   18
2. 4,5 Liter   43
3. 9 Liter   91
4. 13,5 Liter   219

Epilog   249

Prolog

Königreich Aragon. Mallorca, Bucht von Cala Pi
August 1530, mittags

Der Junge schulterte das Gepäck seines Herrn, dessen Gewicht so schwer auf ihm lastete, wie der Fluch, der auf seinem ganzen Volk lag. Ein stetiger Strom von Schweißtropfen floss über seine olivbraune Haut, vom Kopf den Nacken entlang und dann den nackten Rücken hinunter. Fliegen umschwirrten ihn. Er atmete schwer und gequält und schaute kurz von dem steilen Pfad auf, um einen Blick auf das türkisblaue Wasser des Torrent de Cala Pi zu werfen. „Beweg dich endlich, du kleine, nutzlose Kröte!", schrie ein kräftiger, stämmiger Mann mittleren Alters über seine Schulter nach hinten. Der Mann stapfte grimmig vor dem südamerikanischen Indio den Weg entlang und trieb zwei vollbepackte Esel mit einer Gerte vor sich her. Auf dem Rücken trugen die Tiere zwei Seekisten und einige Säcke aus geteertem Segeltuch. Sie gingen an einigen flachen Aleppokiefern vorbei, die den Weg säumten. Der harzige Duft der kleinen Bäume vermischte sich mit dem beißenden Geruch des Esels. Verbunden mit dem Geschmack des Staubes auf seiner Zunge, brachte ihn das dazu, in

7

hohem Bogen auszuspucken. Der Junge stolperte und riss sich seinen nackten rechten Fuß an einem scharfkantigen Stein auf. Er verzog keine Miene und hinkte stoisch weiter. Von klein auf hatte er gelernt, dass er über allem zu stehen hatte. Über dem Schmerz, der Freude und über jedem anderen aus seinem Volk. Da würde er vor diesem hellhäutigen Teufel nicht anfangen, Schwäche zu zeigen. Über den beiden einsamen Figuren, die einen staubtrockenen Pfad entlang trotteten, thronte der strahlend blaue mallorquinische Himmel. Ein sanfter Wind blies frische Meeresluft um ihre Nasen. Der Junge atmete befreit tief ein und innerlich seufzte er auf. Der Geruch der Meeresluft erinnerte ihn an die Ausflüge, die seine Tante mit ihm als kleiner Junge unternommen hatte. An die Grenze ihres Reichs, bis an das endlose Wasser, das bis zum Himmel reichte. Nur die große Himmelsschlange wusste, wohin das Wasser ging. Stundenlang war er in das warme Wasser getaucht und hatte bis spät in die Nacht am Feuer gesessen, kräftig gewürzten, gegrillten Fisch mit Maisfladen gegessen und dem Rauschen der Wellen gelauscht. Nie wieder war er in seinem Leben so glücklich gewesen. Die Stimme des weißen Teufels riss ihn aus seinen Tagträumen. „Ich zieh dir das Fell über die Ohren, wenn du nicht schneller gehst, du räudiger Hund." Ein

Funken Zorn flammte in den Augen des Jungen auf, um vorsichtig wieder zu erlöschen. Er beschleunigte seine Schritte und holte rasch wieder auf. Plötzlich drehte sich der Mann um und zog ihm die Gerte einmal quer über das Gesicht. Der Peitschenhieb hinterließ einen brennenden Striemen. Der Junge schaute seinem Peiniger unbewegt ins Gesicht. Die Gelassenheit des Indios fachte die Wut des Mannes nur noch an. Der alte Seefahrer verzog sein wettergegerbtes Gesicht und er steigerte sich in eine Raserei hinein. Er zog die Gerte immer wieder brutal über die Brust des dreizehnjährigen Jungen. Der Mann knirschte mit den Zähnen, als der Junge weiter stoisch nach vorne schaute, aber er riss sich zusammen. Er deutete nach oben, zur Finca, die sich langsam am Horizont abzeichnete. Und grinste grausam, als wolle er sagen: „Warte, bis wir dort sind."

Als die Last abgeladen war, packte der Seefahrer den jungen Indio an den Haaren und riss ihn hinter sich her, in die Finca, schleuderte ihn auf den gefliesten Boden und begann auf ihn einzutreten. „Ich. Werde. Dich. Lehren. Mir Respekt zu erweisen!" Als er mit seinen Gamaschen die Nase des Jungen traf, spritzte Blut auf und der Nasenrücken brach knirschend. Der Junge wurde ohnmächtig. Als er wieder zu sich kam, schien Alejandro Gomez da Puntajero wieder zur

Besinnung gekommen zu sein. Das vor Raserei rot angelaufene Gesicht hatte wieder eine hellere Farbe und er schnaufte mehrmals tief ein und aus. In der Zwischenzeit musste er die erste Kiste ausgepackt haben, denn Kleidung und Geschirr lagen herum. Der Seemann ging gerade an den grob behauenen Tisch, der noch vom vorherigen Besitzer der Finca stammte, und griff nach der bronzenen Besitzplakette, die ihm Cortés überreicht hatte. Er griff sich Hammer und Nagel und nagelte sie stolz an dem Holzbalken fest, der über dem Kamin verlief. „Für seinen treuen Dienst auf den Schiffen seiner Majestät, dem König von Spanien", stand dort neben der Kennzeichnung seiner Land-Parzelle zu lesen. Der Schlächter Cortés hatte Puntajero die Finca samt Land und den jungen Indio als Sklaven überlassen, als er sich zur Ruhe setzte. Der alte Seefahrer hatte als Konquistador gedient und in der Heimat des Jungen gegen die Völker der Mexica gekämpft. Der Indio weigerte sich, in Gedanken den Namen „Azteken" zu verwenden, den die weißen Teufel seinem Volk gegeben hatten.

Später am Abend flackerte im Kamin ein Feuer, das bedrohliche Schatten an die Wände warf. Es knisterte unruhig und gelegentlich knackte es laut und vernehmlich, so als würde ein Knochen brechen. Von draußen drang das Zirpen der Grillen und Zikaden herein, die unbekannten Geräusche klangen für den Jungen wie eine Sinfonie des Unheils. Der Indio hatte sich in einer Ecke des Raumes auf dem harten, kühlen Boden zusammengerollt und den Kopf auf seine Arme gelegt. Die Temperatur fiel langsam auf ein angenehmes Niveau. Er gab vor zu schlafen, in der Hoffnung, der alte Mann würde ihn verschonen. Seine Hoffnung starb jedoch, als er die Schritte hörte. Der alte Mann kam, legte eine Kette an seinen Knöchel, die er an einem eisernen Ring in der Wand befestigte. Dann legte sich sein Peiniger schlafen. Eine Stunde später, als der Junge sicher war, dass der Mann schlief, begann er das Schloss zu untersuchen. Dann tastete er mit der Zunge in seiner Wange herum und beförderte schließlich ein kleines Knöchelchen ans Tageslicht, das er vorsichtig in das grobe Schlüsselloch des Schlosses führte. Mit einem Auge behielt er den alten Mann im Blick, während er versuchte, das Schloss zu knacken. Plötzlich hörte das Schnarchen auf. Der Junge erstarrte. Seine Hand verbarg blitzschnell das Knöchelchen. Der Mann drehte sich im Bett herum, ein Fuß schwang über die Bettkante. Der Indio wagte es nicht, aufzublicken. Ein, zwei Sekunden war völlige Stille. Dann setzte das Schnarchen wieder ein. Er atmete auf und begann weiter an dem Schloss zu arbeiten. Schließlich klickte es leise und der Bolzen schnappte auf. Behände wie ein

Wiesel huschte der Junge aus dem Haus. Erst als er wenige Schritte entfernt war, traute er sich, laut aufzuatmen. Er ging an einigen Aleppokiefern vorbei und ließ die dürren Bäumchen hinter sich. Er ging weiter und weiter, bis er außer Hörweite war. Dann begann er, nach einem geeigneten Stein und einem Werkzeug zu suchen. Es wurde Zeit, dass er sich an die Arbeit machte. Bald tönte ein gleichmäßiges Klopfen durch die Nacht.

Die Tage flogen dahin, jede Nacht wiederholte sich das Spiel: Der Mann schlief ein und der Junge verließ die Finca, um sich an sein geheimnisvolles Nachtwerk zu machen. Dann kehrte er zurück und kettete sich eigenhändig wieder an. An Flucht schien er nicht zu denken.

Nach einer Woche kam der letzte Tag. Der Morgen brach an, die ersten Zikaden zirpten zaghaft. Der Junge ging feierlich mit seinen nackten Füßen durch die taufeuchte Steppe im Garten. Er lief immer wieder im Kreis. Um vier Pfähle herum, in deren Mitte der weiße Teufel lag, mit Händen und Füßen je an einen Pfahl gefesselt. Als Alejandro Gomez erwachte, sah er vor sich seinen Gefangenen stehen. Doch der stille, gepeinigte Junge war einem hoch aufgerichteten Azteken in voller Kriegsbemalung gewichen. Die kunstvollen Zeichen auf der olivbraunen Haut des

Jungen hatten die Farbe des mallorquinischen Tons und ein Federschmuck aus zurechtgestutzten Schilfrohren thronte auf seinem Kopf. Der alte Seefahrer schaute mit dröhnendem Schädel in den Himmel und blinzelte müde in die Sonne. Er versuchte aufzustehen, dann erst bemerkte er, dass er gefesselt war, und bäumte sich auf. Er begann, gotteslästerlich zu fluchen. Und beschimpfte den jungen Azteken. Der wiederum stand ruhig vor ihm und beobachtete ihn zufrieden. Gomez verstand nicht, wie er hierher kam, dann erinnerte er sich an das Essen am Vorabend. Da war ein bitterer Nachgeschmack in der Suppe. Der räudige Köter hatte ihn betäubt! Wieder begann er zu brüllen und riss an seinen Fesseln. Als den alten Mann langsam die Kraft vor lauter Toben verließ, begann der Azteke leise in fast akzentfreiem Spanisch zu sprechen. Der alte Mann riss die Augen verblüfft auf. Er hatte den Indio für zu dumm gehalten, die Sprache zu lernen. Langsam dämmerte ihm, dass er die Intelligenz des Jungen unterschätzt hatte. „Du hast den göttlichen Herrscher getötet, obwohl er dir in einem ehrenhaften Handel, seinen erstgeborenen Sohn gab." Der Azteke ging langsam um ihn herum. Der alte Mann war verstört von dessen Verwandlung, nicht nur durch die Äußerlichkeiten – der stoische, unbewegte und hilflose Junge, der sich immer nur duckte und in sich zusammengekauert auf dem Boden lag, war verschwunden. Vor dem alten Mann stand jetzt kein gebrochener Gefangener mehr, sondern ein junger Azteken-Prinz mit stolzer Haltung, aufrechtem Gang und hochmütigen Blick.

„Das war ich nicht, sagte er leise. Cortés hat deinen Vater, euren Herrscher Moctezuma ermordet." Aber schon als der alte Mann es aussprach, wusste er, dass dieses Argument nichts bringen würde. Der Azteke spuckte ihm ins Gesicht. „Schweig, Mörder meines Volkes. Ihr habt Vater getötet und den Handel gebrochen. Millionen Leben vernichtet. Unser Volk wird sich davon nie wieder erholen." Es wird Quetzalcóatl milde stimmen, wenn ich ihm einen weißen Teufel als Opfer bringe. Das könnte den Mexica den Weg zurück zu alter Größe verhelfen. Er kniete neben dem alten Mann nieder und zischte hasserfüllt: „Und es bringt mir Frieden. Und meiner armen Schwester, deren Schreie heute noch in meinen Ohren klingen." Der Blick des alten Mannes fiel auf die Hand des Azteken. Er fing an zu zittern, als er dort die Steinklinge erblickte. „Sieben Tage habe ich gebraucht, um das Maquahuitl anzufertigen", sagte der junge Mann und strich schon fast zärtlich über die Klinge des steinernen Kurzschwertes. Dann setzte er die Klinge auf dem Bauch des alten Mannes an und begann mit langen Schnitten die Haut am ganzen Körper aufzuschlitzen. Dann strich er Honig über die Wunden und ging ins Haus, um die Sonne und die Ameisen ihre Arbeit erledigen zu lassen. Die Schreie des alten Mannes verstummten erst gegen Abend.

Als der Junge wieder nach draußen in den kühlen Abend trat, hatte sich die Haut des Mannes am ganzen Körper gelöst und auf dem Boden lag nur noch ein wimmerndes, blutiges Bündel, das kaum noch als Mensch zu erkennen war. Als der Junge mit wenigen gezielten Schnitten sein grausiges Werk vollendet hatte, verlor der alte Mann gnädigerweise erneut das Bewusstsein. Der junge Azteke hielt auf einmal ein Sitzpolster eines Hockers in der Hand und hielt es über den Mann, als wolle er Maß nehmen. Dann schleppte er seinen halbtoten Peiniger ins Innere der Finca und machte sich an die Arbeit. Einmal kam er noch aus dem Haus, um einen Holzeimer nach drinnen zu holen. Dann ertöne noch einmal ein unmenschlich klingender, schriller Schrei aus dem Mund des alten Seefahrers, der abrupt abbrach. Dann lag gespenstische Stille über der Finca.

Am nächsten Morgen kam der junge Azteken-Prinz blutbeschmiert aus der Finca und zog einen tropfenden Leinensack hinter sich her. Er ging auf die Knie, zog die vier Pfähle heraus und vergrub an Stelle der Pfähle

15

etwas aus dem Sack an seiner Seite. Dann warf er den bluttriefenden Sack auf die Seite, nahm einige Olivenkerne in die Hand und drückte diese tief in die Erde. Der Azteken-Prinz ging an die Tränke Wasser holen und begann sich zu waschen. Dann trug er mit den Händen Wasser zu den vergrabenen Kernen und begoss sie damit. Währenddessen sang er leise in seiner Sprache ein Klagelied, für seine Schwester, seinen Vater und sein ganzes Volk.

Nach der Waschung stellte er in stundenlanger Kleinarbeit seine Kriegsbemalung wieder her und setzte seinen improvisierten Federschmuck auf. Er begann einen lauten, aber melodischen aztekischen Kriegsgesang zu intonieren. Mit langsamen, würdevollen Schritten ging er durch die Landschaft, bis er schließlich an einer der Steilklippen des Torrente de Caja Pila ankam. Er verharrte kurz, schaute hinab auf den schmalen Strand unter ihm. Ließ den Blick ein letztes Mal über das türkisblaue Meer in der Bucht hinaus auf die dunkelblauen Wellen schweifen, dann schloss er die Augen und breitete die Arme aus. Die Brandung unter ihm rauschte gleichmäßig. Ein paar Vögel zwitscherten vor sich hin und die Sonne ließ ihm wie zum Abschied wärmend ein paar Sonnenstrahlen über seine Wangen streichen. Tiefer Friede erfüllte ihn. Leise sagte der Prinz: „Vater, ich komme!", dann trat er einen Schritt über den Abgrund hinaus und übergab seinen Körper den Tiefen des Meeres.

1. Renners Restaurant

Renner schloss die Augen, lauschte dem Meer und während die Sonnenstrahlen die Kälte aus seinem Herzen vertrieben, trugen die Wellen Leichen, Blut und Gewalt davon. Jeder Tag auf der Insel entfernte ihn weiter von seinem früheren Leben. Eigentlich könnte der ehemalige Kriminalbeamte glücklich sein. Er stand in einer fließenden, federnden Bewegung auf, streckte seinen großen, massiven Körper und schaute noch eine Sekunde zur Sonne, die vor ihm am Horizont stand. Dann drehte er sich seufzend um und verließ die Steilklippen. Inselparadies hin, Inselparadies her. Er hätte einfach zu Hause in Wiesbaden bleiben sollen, seinen frühzeitigen Ruhestand hätte er sich auch anders vermiesen können, als mit einer Kneipe in einer Bruchbude in Cala Pi. Pardon, in einem historischen mallorquinischen Gebäude mit Charme. Marc Renner strich sich genervt durch seine kurzgeschnittenen, frühzeitig ergrauten Haare. Er ging über einen Brettersteg durch den Gastraum seines Restaurants. Der Estrich war noch nicht trocken und er wollte keine

Dellen in den Boden treten. An einigen Stellen blitzte an den Wänden schon wie geplant die Natursteinmauer durch, die Handwerker waren jedoch wieder mal nicht pünktlich morgens um 7.30 Uhr erschienen. Renners Gesicht verzog sich zu einem ironischen Lächeln, die tiefen Falten seiner hohen Stirn vertieften sich und die breite Narbe auf seiner linken Wange zuckte. Er verdrehte seine stahlblauen Augen. Vermutlich war er immer noch zu deutsch für die Sonneninsel Mallorca, wenn er tatsächlich erwartete, dass die Handwerker pünktlich auftauchten. Aber langsam wurde er nervös, es war noch jede Menge zu tun – und mittlerweile war der März schon fast in den April übergegangen. Im Mai kämen die ersten Ausflugsgäste des deutschen Reiseunternehmers Landmüller, mit dem Renner einen Vertrag abgeschlossen hatte. Er erinnerte sich noch zu gut an den Anlass für den Vertrag. Der pensionierte Kriminalbeamte kannte die Familie schon sehr lange. Noch im letzten Jahr hatten sie ihn wieder zum Geburtstag ihrer mittlerweile fünfzehnjährigen Tochter eingeladen. Er freute sich jedes Mal, wenn er das Kind sah, dass er vor zehn Jahren aus den Händen ihres Entführers gerettet hatte – auch wenn er meist nach dreißig Minuten wieder verschwand. Fröhliche Kindergeburtstage gingen ihm auf die Nerven. Die vielen fremden Gäste ebenfalls. Er verabschiedete sich dann von der Familie und eröffnete, dass er aufgrund seines Ruhestandes zukünftig nicht mehr kommen könnte. Schließlich wurde er solange ausgefragt, bis er preisgeben musste, dass er auf Mallorca ein Restaurant mit Fremdenzimmern eröffnen wollte. Daraufhin hatte ihn Landmüller an die Seite genommen und ihm mitgeteilt, dass er Cala Pi in seinen Reisekatalog aufnehmen würde. Zuerst hatte Renner protestiert, aber eher halbherzig, wie er sich selbst eingestehen musste. Es fühlte sich an wie eine Bestechung, aber erstens war er jetzt im Ruhestand und zweitens schuldete ihm Landmüller doch wirklich etwas? Oder?

Das Handy klingelte, als er auf die große Terrasse trat. Wenigstens dort waren die Handwerker schon fertig. Knöchelhohe Mäuerchen säumten den Weg, der auf den etwa fünfzig Meter breiten Außenbereich führte. Ringsherum war die Terrasse von einer kleinen Natursteinmauer eingefasst und auf den Säulen des Mäuerchens prangten Laternen. Die rustikalen Holztische waren schon in Reih und Glied angeordnet, die Gartenanlage mit Palmen, Kakteen und Oleander bepflanzt. Ein paar der unvermeidlichen Aleppokiefern waren ebenfalls vorhanden. Während Renner das Gespräch annahm, ließ er befriedigt seinen Blick über den fertigen eingezäunten Kinderspielplatz hinter der

Terrasse streifen. Schaukel, Rutsche und Sandkasten waren einsatzbereit. Im Prinzip waren ihm Kinder eher unheimlich, aber er wusste aus Erfahrung, dass Eltern mehr Geld ausgaben, wenn die Kinder ihnen Zeit dazu ließen. Insofern war der Spielplatz ein Umsatzbringer. Der pensionierte Kriminalbeamte blickte an der historischen Turmruine vorbei aufs offene Meer. Fast hätte er sich bei diesem Anblick wieder entspannt, aber als er die nervöse Stimme seines Koches Joaquin am anderen Ende hörte, klingelten seine Alarmglocken. Der Junge druckste etwas herum, dann rückte er damit heraus, dass er einen doppelt so gut bezahlten Job in Palma in einem Vier-Sterne-Hotel angenommen hatte. Renner schimpfte laut auf Spanisch in den Hörer, aber im Grunde konnte er den Jungen verstehen. Vermutlich hätte er es nicht anders gemacht. Es war nur ärgerlich, dass er das jetzt erst erfuhr. Joaquin hatten den Vertrag schon vor sechs Monaten unterschrieben, bevor die Saison losging. Er legte auf, lehnte sich an die Mauer und spürte die Frustration in sich aufsteigen, wie ein Gift, dass sich durch seine Adern ausbreitete und einen bleiernen Klotz in seinem Magen hinterließ. Immerhin, seine Bedienung Sonia traf jetzt ein. Er warf der verdutzten Mittzwanzigerin den Schlüssel für das Lokal zu und setzte sich in Bewegung. „Wo willst du denn hin?", fragte die schwarzhaarige, schlanke Frau

und runzelte ihre hohe Stirn missbilligend. „Weg!",
knurrte Renner. „Ich bin in einer Stunde etwa zurück,
polier Gläser – oder was weiß ich."

„Gläser? Wir haben noch nicht einmal Schränke."
„Dann stell sie wieder in den Karton nach dem
Polieren."

Renner trabte den gemauerten Weg entlang und
schwang sich aufs Rad, bevor Sonia noch mehr Fragen
einfielen. Er brauchte jetzt dringend einen Café con
Leche und einen Sprung in das marineblaue Wasser am
Strand, sonst würde er durchdrehen.

Am Strand angekommen, lehnte er sein Rad an den
Bretterverschlag, der sich Strandcafé schimpfte, und
versuchte einen laktosefreien Milchkaffee zu bestellen.
Entweder verstand die Bedienung „delactosada" nicht,
oder sie hielt ihn für einen überdrehten Hipster. Er
versuchte es noch auf Katalanisch, das er ebenfalls
fließend sprach, dann gab er auf und trank eine Cola.
Das Koffein aus der süßen Plörre würde auch helfen.
Ein älterer, stämmiger Mann mit gut gebräunter Haut
drehte sich am Tresen um und nickte ihm freundlich
zu. „Geht es Ihnen gut?"

Renner knurrte unfreundlich: „Nein!"

„Atmen Sie tief durch, unsere wunderbare
Meeresluft vertreibt alle Sorgen. Sie sind ja schließlich
im Urlaub."

Offensichtlich hielt der alte Mallorquiner ihn für einen Urlauber.

Er seufzte genervt. „Nein, ich lebe hier seit kurzem. Mir gehört das Restaurant am alten Turm, oben auf den Klippen."

Der alte Mann runzelte seine faltige Stirn und kratze sich an seinem Haarkranz. Er schaute etwas verlegen drein. „Wirklich? Darf ich Sie etwas fragen, trotz Ihrer Anspannung?"

Renner versuchte möglichst abweisend zu schauen, aber der Mann sprach einfach weiter.

„Was wollen Sie denn für eine Küche anbieten?"

Der pensionierte Kriminalbeamte riss sich zusammen, der Mann konnte ja ein späterer Stammkunde sein. Mehr als ein knappes, „Einheimische Küche und eine Handvoll deutscher Gerichte, die ich selbst zubereite", brachte er nicht zustande.

„Interessant, ich habe noch nie deutsch gegessen. Was isst man denn da so?"

„Schnitzel."

Der alte Mann schien sich an Renners Einsilbigkeit nicht zu stören, denn er plapperte munter weiter. „Ah ja, richtig. Das berühmte Schnitzel. Eines der beliebtesten deutschen Gerichte. Aber kam das nicht eigentlich aus Wien?"

„Ja."

„Sie wirken wirklich äußerst angespannt. Darf ich Ihnen zur Entspannung einen Thé à la menthe anbieten?"

Fast wollte Renner, „Nein!", brüllen. Dann fragte er doch aus schierer Neugierde nach: „Was ist denn an einem Pfefferminztee besonders?"

„Frangelico, der Besitzer des Strandcafés hat zwei Jahre in einem marokkanischen Hotel gearbeitet und dort eine orientalische Zubereitungsform gelernt. Ein sehr starker Schwarztee aus dem Samowar, mit dem eine Unmenge marokkanischer Minze abgebrüht wird."

Der erwähnte Frangelico brachte ihnen ein ziseliertes Metallkännchen auf einem silbernen Tablett, dazu ein paar kleine, bunte Gläser. Um den geschwungenen Griff war ein kleines Tuch gewickelt. Der Wirt stellte eine kleine Tonschale mit Pistazien und Oliven dazu.

Der alte Mann schenkte ihm langsam ein. Dann stellte er das Glas vor Renner ab. „Bevor wir anstoßen: Santos di Santiago. Ist mir eine Freude."

Der Deutsche zögerte noch kurz, dann hob er das Glas: „Renner. Marc Renner." Er probierte den Tee und verzog das Gesicht. Der Tee war stark und extrem süß, ein kräftiger Minzgeruch stieg ihm in die Nase. Nicht sein Fall. Aber zu seiner Verblüffung fühlte er sich tatsächlich etwas entspannter. Irgendwie hatte er auch das Gefühl, dass er weniger schwitzen musste.

„Nicht übel!" Renner wollte nicht unhöflich sein, nachdem der alte Mann den Tee ausgegeben hatte. Am liebsten wäre er trotz des positiven Effektes zu seiner Cola zurückgekehrt.

„Wie kommt es eigentlich, dass Sie bei uns ein Restaurant eröffnen?"

Ihm bleib nichts anderes übrig, als zu antworten: „Ich bin pensioniert und will hier meinen Ruhestand verbringen. Als junger Mann wollte ich immer Gastronom werden, jetzt erfülle ich mir den Traum."

„Ah ja. Kann ich verstehen. Eigentlich arbeite ich seit Jahren nicht mehr, weil ich im Ruhestand bin. Aber seit meine Frau vor einem Jahr starb und ich nach Cal Pi gezogen bin, sterbe ich beinahe vor Langeweile."

Renner schaute in sein Teeglas und schwieg.

„Ich will Ihnen ja nicht zu nahe treten, aber wieso sind Sie denn so angespannt. Vielleicht hilft es ja, darüber zu reden?

Er zögerte, dann dachte er: Was soll's. Renner schaute auf und erklärte dem alten Mann seine Lage: „Das Restaurant ist noch eine Bruchbude, die Handwerker kommen, wann sie wollen. Und mein Koch hat gerade gekündigt."

Der Mann zögerte, dann sagte er: „Wissen Sie, ich bin früher Koch gewesen."

Renner nickte höflich und versuchte Interesse zu heucheln.

„Wenn Sie wollen, könnte ich für Ihren Koch einspringen. Zumindest bis Sie Ersatz haben.

Ungläubig starrte Renner den Mann an. Der schien das Starren fehlzuinterpretieren und hob entschuldigend die Hände. „Sie brauchen nicht zu antworten, ich will mich gar nicht aufdrängen."

Renner schaute den Mann abschätzend an. Ob der wohl noch die Kraft für den anstrengenden Job in der Küche hatte? Immerhin, die Oberarme waren muskulös.

Der alte Mann lächelte gewinnend und entblößte zwei Reihen makelloser, weißer Zähne. „Ich würde gerne für einige Monate wieder den Kochlöffel schwingen."

Renner beschloss, es einfach auszuprobieren. Schlimmstenfalls war das etwas vergeudete Zeit. Bestenfalls ein Koch. „Könnten Sie heute Nachmittag zum Probekochen vorbeikommen?" Der alte Mann deutete eine leichte Verbeugung an. „Sehr gerne."

„ Na dann." Renner stand auf, drückte Santos seine Visitenkarte in die Hand. Dann winkte er wortlos zum Abschied und ging an den Strand. Dort zog er sich sein weißes Hemd aus, legte es auf eine Sonnenliege direkt am Meer, dann streifte er die Hose ab. Er faltete sie zusammen und packte das Kleidungsstück auf das Hemd. Dann sprang er in Boxershorts direkt ins Wasser. Der Vormittag zog schnell vorüber und Renner wartete in seinem Restaurant ungeduldig auf Santos, der kurz nach 12 Uhr auftauchte. Renner hatte mit Absicht keine feste Uhrzeit vereinbart, er wollte sehen, wann sein potentieller Koch auftauchte. Kurz nach zwölf war die frühestmögliche Interpretation von „heute Nachmittag." Das sah schon mal gut aus. Sie stapften durch die Baustelle im Gastraum und traten in die Küche. Hier sah es schon besser aus, die Küche war schon fertig eingerichtet – nur die Dunstabzugshaube fehlte noch. Santos hatte Lebensmittel mitgebracht und schien sein eigenes Programm durchzuziehen, wie Renner angenehm überrascht feststellte. Er hatte eher damit gerechnet, den Mann hämisch lächelnd erst mal zum Einkaufen schicken zu müssen. Neugierig stand er neben Santos und schaute ihm über die Schulter. Da saß jeder Griff und jede Bewegung. Die langjährige Erfahrung war dem Mallorquinen anzumerken. Eine Stunde später war Renner als Vorkoster beschäftigt. Santos stand ungeduldig neben ihm auf der Terrasse und schaute zu, wie Renner sich durch gebratene Auberginen, einen gegrillten Sankt-Petersfisch auf

Kartoffel-Tomaten-Gratin und allerlei andere Köstlichkeiten probierte. Schweigend probierte der Gastronom in spe einen Mandelkuchen mit Limettenkruste zum Abschluss. „Ganz ehrlich, Santos? Das ist himmlisch. Die Vorspeisen sind vielfältig, das Hauptgericht perfekt gewürzt und der Kuchen ist himmlisch luftig und locker." Renner streckte Santos die Hand hin und sagte: „Von mir aus haben Sie den Job." Der alte Mann lachte und umarmte den verdutzten Renner, klopfte ihm auf beide Schultern und warf zwei Küsse in die Luft. Der Deutsche wischte irritiert über seine Wange. „Wenn Sie hier schon leben, dann sollten Sie auch ein Muamua beherrschen!", sagte Santos. Die braunen Augen in dem verschmitzt lächelnden Gesicht funkelten vergnügt über Renners Gesichtsausdruck.

„Ein was?"

„Zwei Küsse, über die Wange gehaucht. Muamuas eben."

Renner seufzte. „Muss ich jeden Gast etwa küssen?"

Der stämmige, alte Mann lachte aus vollem Herzen, klopfte Renner auf den Rücken, dann zog er das hellbeige Leinenhemd zurecht, bevor er sich ans Abräumen machte.

In den folgenden Wochen nahm Renners Gaststätte immer mehr Gestalt an. Er war wie ein Verrückter im Restaurant umhergerannt, hatte Handwerker angetrieben, die Bedienung angeschnauzt und die Abzugshaube eigenhändig montiert. Der Zeitplan war verflucht knapp, aber jetzt fehlten nur noch letzte Details – die irdenen Steingutschälchen, die als Teller dienen sollten, waren noch nicht aus Palma eingetroffen. Nach einem kurzen Telefonat, bei dem Renner in den Hörer brüllte, beschloss er, das Geschirr selber in Palma abzuholen. Die ersten Gäste kamen schon übermorgen, da wollte er nicht ohne Geschirr da stehen. Er hatte sowieso das Gefühl, mal wieder Stadtluft schnuppern zu müssen, und musste dringend etwas durchatmen, bevor die Saison anfing. Er würde noch einen kurzen Spaziergang durch Cala Pi machen und dann nach Palma aufbrechen. Renner ging durch die Villensiedlung, passierte ein niedriges, höchstens zweistöckiges, helles Haus nach dem anderen und erreichte schließlich die „Innenstadt". Als er zum wiederholten Mal an dem Aztekenmuseum vorbeikam, beschloss er kurzerhand einen Blick hineinzuwerfen. Die Azteken hatten ihn als Kind schon fasziniert, auch

29

wenn er nicht ganz verstand, was die hier auf Mallorca zu suchen hatten.

Das Museum verdiente den Namen eigentlich nicht, wie er feststellen musste, als er den Eingang durchschritt. Ein einzelnes Zimmer mit lauter handgefertigten Schautafeln, eine Vitrine mit einer seltsamen Figur darin: Körperstatur und Bemalung sprachen für einen Azteken, aber statt dem typischen Federschmuck, trug der junge Indio Schilfrohre auf dem Kopf. Auf der Brust trug er ein dreieckiges, blaues Symbol, das ein wenig aussah wie ein stilisiertes Diadem.

Renner zuckte zusammen, als eine Stimme aus dem Hintergrund ertönte: „Sie fragen sich bestimmt, was der Azteke in Cala Pi sucht?" Hinter einem Vorhang aus Holzperlen war eine farbenfroh gekleidete, junge Frau getreten. Vielleicht Mitte zwanzig, schätze er. Ihr ungewöhnlich exotisches Gesicht war fein gezeichnet, wies zwei leicht vorspringende Wangenknochen auf und war von vielen kleinen und großen Sommersprossen übersät. In den Augenwinkeln waren leichte Lachfältchen angedeutet, die ein paar tiefgrüner Augen einrahmten. Die schwarzhaarige, hochgewachsene Frau trug ein rotes Kopftuch zu ihrem blau-grün-rot gemusterten Kleid und jede Menge bunter Glasperlen um den Hals. Er lachte und sagte:

„Ja, allerdings."

Die Frau dozierte: „Die Azteken waren ein Indio-Volk aus Südamerika, die im heutigen Mexico lebten und noch heute tief verwoben mit der Identität des Landes waren. Selbst der Name des Landes stammte vom Eigennamen der Azteken ‚Mexica' ab."

„Soweit bin ich auch im Bilde. Ich kenne die Geschichte von Cortes, dem spanischen Eroberer, der einen der bedeutendsten Azteken-Herrscher, Moctezuma, besiegte." Renner erinnerte sich daran, wie er seinem Vater mit leichtem Gruseln, bei dessen Erzählungen über die brutalen Eroberungsfeldzüge der Spanier gelauscht hatte. Die Frau ging stumm im Kreis um ihn herum, so als wolle sie ihn von allen Seiten begutachten. Das irritierte Renner etwas, er versuchte, sie zum Sprechen zu bewegen: „Was hat es denn mit dem Azteken auf sich? Hat der sich verlaufen?", fragte er irritiert. Die Frau ging zu der Figur im Schaukasten in der Mitte und zeigte ein Bild, das dort befestigt war. „Das ist die Blutfinca, die letzte Station des letzten Sohnes von Moctezuma. Der Prinz kam als Sklave hierher, er war der Besitz eines spanischen Konquistadors, der sich auf seinem zu Unrecht erworbenen Gut niederließ.

„Was wurde dann aus dem Azteken?"

„Er stürzte sich von den westlichen Steilklippen im

Torrent de Cala Pi, nachdem er den Spanier getötet hatte."

Renner sah die Frau an: „Das ist ja eine tragische Geschichte. Wo kann man denn das nachlesen?"

Die Frau ging leichtfüßig zu ihm herüber und stand noch knapp eine Nasenspitze von ihm entfernt vor ihm. „Das wurde von Generation zu Generation in unserer Familie weitergegeben."

Renner bemühte sich, ungerührt dreinzublicken. Die Frau duftete nach Oleander, ihr tief ausgeschnittenes Kleid zeigte ein beeindruckendes Dekolleté in einem dunklen Hautton, den Renner noch nie gesehen hatte. So nahe war ihm seit langer Zeit keine Frau mehr gekommen – genau genommen niemand mehr, seit seiner Scheidung von seiner Ex-Frau Sabine. Er räusperte sich: „Und woher kommt die Figur?"

„Die wurde von einem Künstler aus Llucmayor in den frühen Siebzigern geschaffen. Anhand von Beschreibungen meiner Großmutter, die den Azteken immer wieder auf der Klippe erscheinen sah." Sie musterte ihn nachdenklich und fragte dann wie aus heiterem Himmel: „

Wie heißen Sie?"

„ Marc", sagte er, ohne lange nachzudenken.

Die Frau ergriff seine Hand und sagte: „Ich bin Maria." Ihre Hand war trocken und warm und während sie mit dem Finger auf seiner Handfläche entlangfuhr, strengte Renner sich an, den Blick auf ihren Finger zu richten. Die Berührung war seltsam intim, irgendetwas zog ihn an dieser Frau an, während sie ihn gleichzeitig massiv irritierte.

„Normalerweise bezahlen die Besucher hier entweder den Eintritt oder dafür, dass ich ihnen aus der Hand lese."

Renner wollte nicht unhöflich sein, aber ein skeptisches Schnauben konnte er sich dann doch nicht verkneifen. Der pensionierte Kriminalbeamte wurde in ihm wach und witterte Humbug. Maria lächelte und Renner ließ sich unfreiwillig von ihrem Lachen gefangen nehmen. So kitschig das auch klingen mochte, aber wenn diese Frau lächelte, wurde ihm warm ums Herz.

„Sie müssen nicht an das Schicksal glauben, das Schicksal kommt auch ohne Sie zurecht. Und für Sie mache ich heute eine Ausnahme, Sie bekommen mich gratis."

Langsam geriet Renner etwas aus der Fassung. Er wusste nicht recht, ob das jetzt eine Anspielung sein sollte. Seine Flirtkünste waren ziemlich eingerostet. Bevor er sich eine witzige Antwort darauf einfallen lassen konnte, stieß Maria einen spitzen Schrei aus. Sie ließ seine Hand blitzartig los und wich zurück.

„Raus. Weg. Bitte gehen Sie! Sofort!"

Renner wusste nicht recht, wie er sich verhalten sollte. Die Stimmung war blitzartig umgeschlagen. Er wollte noch etwas sagen, aber Maria kreischte hysterisch: „Hinaus!", und schlug mehrfach ein Kreuz in der Luft. Verwirrt stolperte er hinaus. Draußen schüttelte er sich kurz und versuchte den Oleanderduft zu vergessen, der noch hartnäckig in seiner Nase feststeckte. Dann zuckte er mit den Achseln. Das Museum würde er wohl besser nur als Kuriosum erwähnen und vor der seltsamen, wenn auch schönen Frau im Inneren höflich warnen.

Am nächsten Morgen fuhr Renner entgegen seiner Gewohnheiten nicht mit dem Rad, sondern mit dem Auto zur Bucht und parkte den Wagen oberhalb des Strandes. Dann nahm er einen unhandlichen und schweren Karton in die Hand und stieg vorsichtig balancierend die 147 Stufen bis zum Strand hinunter und lief geradewegs auf Frangelicos Strandbar zu. Als er an den Plastikstühlen und Sonnenschirmen vorbeiging und erleichtert den Tresen ansteuerte, rannte er direkt in eine Frau. Beide stürzten auf den Boden, Renner stützte sich gerade noch mit der Hand ab, während die Frau wie in einer Slapstick-Komödie mit einem weithin vernehmbaren „Rumms" auf dem Hintern landete und einige Milch-Packungen aus dem hohen Karton abbekam. Frangelico kam aus seiner Bude heraus und wollte helfen, aber die Frau, eine großgewachsene Mittvierzigerin mit langen, brünetten Haaren, hatte sich schon wieder aufgerichtet und klopfte sich den Hintern ab. Die Frau sagte lachend: „Als Milchlieferant sind Sie aber nicht sehr gut."

„Na, dann bin ich ja froh, dass ich Gastronom bin, nicht Milchlieferant. Ist alles okay bei Ihnen?"

Die Frau nickte und warf ihm einen amüsierten

Blick aus ihren funkelnden, braunen Augen zu. Renners Blick blieb an ihr hängen, fasziniert stellte er fest, dass die braunen Augen mit grünen Farbsprenkeln übersät waren.

„Ja, aber wenn Sie mich das nächste Mal flachlegen wollen, zahlen Sie mir vorher einen Drink." Sie schlug sich entsetzt die Hände vor den Mund. „Oh Gott, habe ich das wirklich gesagt? Ich klinge ja wie eine fürchterliche Aufreißerin."

„Wenn Sie sich besser fühlen, könnte ich Ihnen jetzt eine zotige Antwort liefern. Aber Sie müssten mir etwas Zeit zum Nachdenken lassen, das ist nicht gerade mein Spezialgebiet."

Die hübsche Brünette lachte und winkte ab. „Es reicht ja, wenn ich aus der Rolle falle."

„Renner, Marc Renner. Ich erwähne das sonst nicht, aber um einen Anstrich von Seriosität in diese Unterhaltung zu flechten: Ich bin pensionierter Kriminalbeamter."

Renner wurde eine feingliedrige Hand entgegengestreckt, an der ein dezenter, silberner Ring mit einem elegant gefassten, rund geschliffenen Türkis steckte. „Lucy Körner. Und Sie sind schon pensioniert? Wieso denn das?"

Renner stockte kurz und sagte dann widerstrebend: „Ich wurde bei meinem letzten Einsatz verletzt. Und bin deshalb früher als geplant aus dem aktiven Dienst ausgeschieden." Und weil ich die Gewalt und den Tod nicht mehr ertragen habe, dachte er. Aber das war nichts, was man einer zufälligen Strandbekanntschaft gleich auf die Nase band.

Lucy schien zu spüren, dass Renner sich unbehaglich fühlte, denn sie wechselte schnell wieder das Thema.

„Also ich mache Urlaub hier. Und Sie betreiben eine Strandbar?"

Renner lachte, wuchtete die Milch auf den Tresen und zeigte auf den Barkeeper, der mittlerweile auch am Unfallort eingetroffen war und die Milchkartons aufsammelte. „Nein, das ist Frangelicos Bar. Ich bringe ihm nur laktosefreie Milch, damit ich hier meinen Café con Leche oder meinen Eiskaffee trinken kann. Als ich vor Wochen das erste Mal hier war, gab es weder Soja noch laktosefreie Milch. Also habe ich angefangen, selbst welche anzuschleppen. Im Gegenzug berechnet mein Kollege mir den Kaffee nicht." Irgendwie war ihm die Frau sympathisch, er wollte sich gerne weiter mit ihr unterhalten. „Darf ich Sie auf einen Kaffee einladen, um den Schrecken zu überwinden?" Renner freute sich, als Lucy ohne zu zögern zustimmte und seiner einladenden Geste zu einem nahegelegenen Plastiktisch folgte. Ein verrückter Tag war das. Da begegnete er innerhalb von kürzester Zeit zwei sehr attraktiven Frauen, die eine brüllte ihn an und die andere trank jetzt Kaffee mit ihm.

„Also, wenn das hier nicht Ihre Bar ist, was machen Sie denn dann?"

„Ich erfülle mir einen alten Jugendtraum und eröffne ein Restaurant. Außerdem habe ich noch ein paar Fremdenzimmer."

„Dann kochen Sie sehr gerne?"

„Im Prinzip schon, aber ich habe einen einheimischen Koch. Ich werde höchstens mal ein deutsches Gericht zubereiten, für die Touristen."

„Was macht dann Ihren Jugendtraum aus, wenn nicht das Kochen?" Lucy lehnte sich zurück und spielte etwas mit ihrem brünetten Haar. Sie drehte es zu einer Locke auf.

„Sie sind scharfsinnig", sagte er leicht fasziniert und stellte innerlich fest, dass sie direkt auf den Kern der Sache zusteuerte. Und stellte sich unwillkürlich die Frage, ob sie wohl verheiratet war. Er wunderte sich über den Gedanken, das war nicht seine Art.

„Ich mag das Gefühl, ein guter Gastgeber zu sein. Ich liebe den Gedanken, dass ich meinen Gästen eine Auszeit aus dem Alltag ermögliche. So kann ich zumindest einen kleinen Teil dazu beitragen, die Welt wenigstens für ein paar Stunden besser zu machen."

Lucy beugte sich etwas vor und berührte seine Hand. „Das scheint Ihnen extrem wichtig zu sein. Die Welt ein wenig besser zu machen?"

Renner verlor ein wenig die Fassung, es war, als würde sie ihm in die Seele blicken. „Sind Sie alleine hier?", rutschte es ihm heraus.

„Na, im Moment sitze ich hier mit Ihnen am Tisch." Lucy pustete eine Haarsträhne aus dem Gesicht und lächelte ihn schelmisch an. „Es wartet aber kein eifersüchtiger Ehemann auf mich, wenn Sie das wissen wollten."

Renner räusperte sich. „Ich stelle mich nicht besonders geschickt an, oder?"

„Nein, das machst du nicht, Marc."

Hatte sie ihn gerade geduzt? Ein prüfender Blick in ihre schelmisch lächelnden Augen genügte. Er lachte verlegen und beschloss, sie auch zu duzen. Und stellte fest, dass er seinen Namen gerne öfter aus ihrem Mund hören wollte. Er nahm seinen Mut zusammen und sagte: „Dafür bin ich aber als Fremdenführer recht geschickt." Er zog einen zerknitterten Flyer aus der Hosentasche. „Das ist das Infoblatt für meine Gäste, mit den wichtigsten Sehenswürdigkeiten der Region. Wenn du Lust hast, können wir uns einige davon ansehen."

Sie schwieg kurz und schaute ihn an. Dann lächelte sie. „Ja, wieso eigentlich nicht."

Nach einem langen Nachmittag, der zuerst in die kleine örtliche Kirche Nostra Senyora dels Angels führte, dann in die Bronzezeitsiedlung Capocorb Vell und schließlich mit einem Ausflug auf einem kleinen Motorboot zum Naturschutzgebiet auf den Inseln Cabrera, die südlich vor Cala Pi lagen, hing Lucy an Renners Arm und war hin und weg, sowohl von ihm als auch vom Ausflugsprogramm. Das Cabrera-Archipel tat sein Bestes, um einen unvergesslichen Tag zu liefern. Nach einer kurzen Stippvisite in der historischen Burgruine, von deren Mauern Renner und Lucy einen wunderbaren Blick auf das tiefblaue Meer und die Inseln hatten, standen sie mit einem Eiskaffee vor dem winzigen Besucherzentrum.

„Lucy, psst! Schau mal!" Renner deutete auf einen kleinen schwarzen Salamander, der über eine Mauer huschte und in der struppigen Vegetation verschwand.

„Ob der Glück bringt?" Lucy lachte, was zwei winzige Grübchen offenbarte, wie Renner fasziniert bemerkte.

„Ich fürchte, eher nicht, jedenfalls kommt ausgerechnet jetzt unser Taxi nach Hause." Renner deutete auf das Motorboot, das gerade angelegt hatte. „Ich hatte gehofft, wir sehen noch Delfine oder einen Finnwal. Die sollen sich hier gelegentlich blicken lassen."

Lucy legte ihre Hand auf seinen Arm und sagte: „Der Tag war so schon unvergesslich." Sie trat einen Schritt näher. Renner wurde nervös. Lucy neigte sich zu ihm und ihre Lippen trafen sich. Nach einem kurzen, vorsichtigen Kuss stiegen sie ins Boot. Lucy legte ihren Kopf auf seine Schulter und sagte leise: „Lass uns zu dir gehen. Ich möchte deinen sagenhaften Koch in Aktion erleben." Lucy küsste ihn erneut. Diesmal ein klein wenig länger.

Der Abend ging schnell zu Ende. Santos hatte das Restaurant in seiner Abwesenheit geschmissen, den treuen Koch hatte er vor einer Stunde nach Hause geschickt, als der letzte Gast ging.

Renner ging mit beschwingten Schritten zum Turm, eine Flasche Cerveza Nau, von den deutschen Hausbrauern in Santa Maria del Cami, unter dem Arm geklemmt. Einen so schönen Abend hatte er lange nicht mehr gehabt. Ihre fröhliche und frische Natur hatte die manchmal leicht depressive Grundstimmung seiner selbstgewählten Einsamkeit durchbrochen. Zum ersten Mal seit Jahren war ihm wieder eine Frau sehr nahe gekommen. Vor fünfzehn Minuten war Lucy ins Hotel aufgebrochen, sie hatte entschuldigend die Hände gehoben und um Nachsicht gebeten. „Ich alte Jungfer brauche einfach noch meinen persönlichen Freiraum.

Zumindest bis ich mich wieder an einen Mann an meiner Seite gewöhnt habe." Der letzte Satz hatte Renner geradezu in Hochstimmung versetzt. Er konnte es sich wirklich vorstellen, Lucy bei sich zu haben. Einmal kräftig durchatmen wäre jetzt sicher eine gute Idee, um einen kühlen Kopf zu bewahren. Gar nicht leicht, er spürte noch den Geschmack ihrer Lippen. Und hatte den leidenschaftlichen Abschiedskuss noch deutlich vor Augen. Er setzte sich vor den Turm und schaute glücklich auf das weite, blaue Meer hinaus. Die Hitze prallte fast wirkungslos an ihm ab, der Schatten der Kiefern um ihn herum und die steife Brise vom Meer kühlten ihn zusätzlich ab. Es war fast 22 Uhr. Als er seinen Blick von der Sonne abwandte, die schon fast im Meer versunken war und dabei den ganzen Horizont in Brand zu setzen schien, streifte sein Blick die gegenüberliegende Steilküste. Dort stand jemand. Hoch aufgerichtet, direkt an der Steilküste. Renner stand wie hypnotisiert auf und ging bis an den Rand des Abgrunds. Die Gestalt auf der Klippe trug etwas, das aussah wie ein Kopfschmuck. Als Renner blinzelte, verschwand die Gestalt plötzlich wieder. Ein leichtes Frösteln überkam ihn und irgendwie fühlte er sich auf einmal sehr unbehaglich.

2. 4,5 Liter

Die Frau ging mit beschwingtem Schritt die Straße entlang. Grillen zirpten leise, der heiße Asphalt der Straße strahlte noch die Hitze des Tages ab. Links neben ihr, hinter der Steilküste, ging die Sonne langsam unter und der Horizont brannte förmlich, in rötlichen Widerschein getaucht. Ein leichter Wind wehte durch die Büsche, ließ die Blätter der Palmen rascheln und fuhr ihr erfrischend durch die Kleider. Sie wirkte trotzdem müde und unkonzentriert. Plötzlich knackte ein Zweig. Die Frau drehte sich um – doch da war nichts zu sehen. Oder war das ein Schatten? Sie wusste es nicht. Und die Stille, die gerade noch so beruhigend war, war mit einem Mal bedrückend und angsteinflößend. Weit und breit kein Mensch. Sie beschleunigte instinktiv ihre Schritte – sobald sie in ihrer Ferienwohnung war, würde sie sich sicherer fühlen. Jetzt bereute sie, dass sie darauf bestanden hatte, alleine zu laufen. Mittlerweile war sie fast einen Kilometer gelaufen, das Ziel war nicht mehr fern. Sie hörte Schritte hinter sich. Drehte sich blitzartig um.

Doch da war niemand. Sie hastete weiter. Dann zwang sie sich, langsamer zu gehen, weil sie sich sagte, dass ihre Angst völlig unbegründet war. Sie passierte eines der vielen flachen Häuser, die verstreut an der Straße lagen, und bog ab in den Feldweg, der zu ihrer Ferienwohnung führte. Von weitem konnte sie schon die Finca sehen, an der sie jeden Morgen vorbeiging. Ein schönes, geräumiges Haus mit Natursteinmauern und einem Garten voller Olivenbäume. Sie hörte wieder knirschende Schritte hinter sich. Griff in ihre Handtasche und umklammerte das Einzige, was sich halbwegs als Waffe benutzen ließ: eine Nagelfeile. Dann drehte sie sich ruckartig um.

Sie lachte nervös, als sie erkannte, wer vor ihr stand. Sie zog unauffällig die Hand aus der Handtasche, damit sie sich nicht lächerlich machte und winkte. „Jetzt haben Sie mich aber erschreckt! Ich habe Sie gar nicht kommen sehen. Wohnen Sie auch hier?" Dann ging alles sehr schnell. Der Mann vor ihr schnellte nach vorne, holte mit der Hand aus und schlug ihr etwas gegen den Kopf. Die Frau hatte nicht einmal mehr Zeit zu schreien. Mit einem dumpfen Aufprall schlug sie auf den Boden und blieb liegen. Über ihr ragte eine kleine Gestalt auf, die einen Totschläger in der Hand hielt. Ruhig betrachtete er sein am Boden liegendes Opfer. Sein Gesicht verzog sich, als hätte er Schmerzen. Für einige Augenblicke schien es, als wolle er einfach weitergehen und die Frau liegen lassen. Dann packte er sie, hob sie schnaufend hoch und lud sie auf seine Schulter. Danach verschwand er im Gebüsch.

Als die Frau wieder wach wurde, konnte sie sich nicht rühren. Und um sie herum war es dunkel. Einzelne Sterne blitzten unheilvoll am Himmel auf und der Mond tauchte den Olivenhain in ein fahles Licht. Sie versuchte zu schreien, nur um festzustellen, dass ein Knebel in ihrem Mund steckte. Sie zerrte an ihren Fesseln und realisierte langsam, dass sie mit weit ausgestreckten und gespreizten Armen und Beinen an irgendetwas festgebunden war. Sie hörte Schritte und, wie jemand in einer seltsamen Sprache einen Singsang intonierte. Der Gesang waberte im Kreis um sie herum, nach einer Weile begriff sie, dass der Mann sie umkreiste. Dann verstummte ihr Angreifer plötzlich. Es raschelte neben ihrem Ohr, dann hörte sie, wie der Mann sich neben sie kniete. Sie wollte schreien, fragen, wieso er ihr das antat. Was sie ihm getan hatte! Doch aus ihrem Mund drang nur ein unförmiges, gutturales Stöhnen. Plötzlich spürte sie, wie etwas Kaltes sie berührte. Dann setzte ein furchtbar brennender Schmerz ein, als eine Klinge sie ritze. Der Mann arbeitete schnell und präzise mit seinem Messer. Nach wenigen Minuten wurde der Frau schwarz vor Augen,

ihr schwanden langsam die Sinne und sie fiel in eine
gnädige Ohnmacht.

Am Strand von Cala Pi
1. Mai 2017, vormittags

Die Frau schrie. Laut, grell und gellend. Sie stand am Strand und schrie ohne aufzuhören. Immer und immer wieder. Überall unter den Strohschirmen am Strand drehten sich die Köpfe, um zu sehen, was passiert war. Einige junge Männer waren in die Richtung der Frau geeilt, um zu helfen. Der Strand war nur fünfzig Meter breit, aber rund hundert Meter lang. Als der erste Mann bei der Frau eintraf, verharrte er kurz bei ihr, dann drehte er sich blitzartig weg, erbrach sich würgend und fiel auf die Knie. Dann robbte er von der Stelle weg. Ein weiterer näherte sich vorsichtig, dann wandte er erbleichend das Gesicht ab. Der Anblick war zu grausig. Ein unförmiger Körper, über und über mit Blut bedeckt und kaum noch als Mensch zu identifizieren. Einzig die langen Haare deuteten darauf hin, dass es sich einmal um eine Frau gehandelt haben musste. Der Mann brüllte in Richtung Strand: „Miriam, ruf sofort die Polizei. Hier liegt eine Tote." Und bring mir die Decke. Seine Freundin kam angerannt und brachte eine Decke, das Mobiltelefon dabei an das Ohr pressend. „Geh ein Glas Wasser holen. Und schau hier bloß nicht her!" Der blonde Mann nahm mit sanfter Gewalt die schreiende Frau an den Schultern und rüttelte sie etwas. Er sprach mit ruhiger Stimme auf sie ein und drehte sie weg von der Leiche und hüllte die zitternde Frau in die Decke ein. Ihr Gesicht war bleich wie der Tod, die schwarzen, nassen Haare hingen ihr wirr in die Stirn. Der Blonde hielt die nächsten Touristen auf, die an ihnen vorbeilaufen wollten. Er herrschte sie an: „Was denken Sie, was Sie da tun? Gehen Sie zurück." Die drei jungen Männer blieben verdutzt stehen. Einer der drei meinte vorlaut: „Was geht Sie das an?" Der Blonde sagte: „Sie halten den Mund und bleiben, wo sie sind, bis die Polizei hier war. Sonst können Sie denen erklären, dass Sie hier den Tatort verunreinigt haben, dann verbringen Sie den Rest des Tages auf einem unklimatisierten Polizeirevier." Kleinlaut verzogen sich die Halbstarken wieder.

Als Comisario Arturo Miller eintraf und sein Auto parkte, war der Strand unter ihm schon die reinste Hollywoodkulisse. Die Guardia Civil ankerte in der Bucht mit einem Patrouillenboot, mehrere Zodiacs fuhren durch den Torrente de Cala Pi, setzten Taucher ab – und die Policia Local hatte den gesamten Strand geräumt und gesperrt.

„Ah, die Policia Nacional kommt, damit wir unfähigen Landeier, die Ermittlungen hier nicht versemmeln." Ein Mann in Zivilkleidung begrüßte den Neuankömmling spöttisch.

Der Comisario verdrehte die Augen. „Luca, erspar mir den Blödsinn. Du weißt so gut wie ich, dass ich vom Innenministerium hierhergeschickt wurde, weil ihr einen deutschen Pass bei der Leiche gefunden habt." Luca Péron, der örtliche Kriminalbeamte aus der Polizeiwache der Policia Local, reichte Arturo Miller zwinkernd die Hand. Der kleine, gedrungene Polizeibeamte war gut zwei Köpfe kleiner als der Comisario. Allerdings war Miller auch über zwei Meter groß. Und im Gegensatz zu Péron schlank und muskulös, der Dorfpolizist schien einen guten Appetit zu haben, er war eher dick und gemächlich – hatte aber dafür einen gesunden Humor. Die beiden gingen die Stufen zum Strand hinunter, Péron schnappte sich von einem Stapel am Boden zwei Einwegoveralls, reichte einen Arturo, dann hob er die Absperrung hoch und beide stapften durch den Sand zum Fundort der Leiche. „Was wisst ihr denn bisher, Luca?"

„Der Todeszeitpunkt ist irgendwo zwischen 0 und 6 Uhr angesiedelt. Glücklicherweise war es gestern so heiß, das der Gerichtsmediziner die Körpertemperatur als Anhaltspunkt nehmen konnte."

Arturo brummte nur, ging die letzten Schritte zur Fundstelle und sagte: „Dann schauen wir uns die Bescherung mal an." Er biss sich auf die Lippe und sagte mit gepresster Stimme: „Heilige Mutter Gottes, so etwas habe ich noch nicht gesehen. Was bei allen Heiligen ist das?" Dann ließ er sich in die Hocke hinab und schaute sich das Opfer an. Der Gerichtsmediziner aus dem nahegelegenen Städtchen Llucmayor drehte sich um, schaute kurz auf die Abzeichen auf Arturos Schultern, und sagte: „Üble Sache, Comisario. Dem Opfer ist die Haut chirurgisch entfernt worden."

Péron schluckte. „Vollständig?"

Der Mediziner nickte stumm und stützte die Hände an seinem weißen Overall ab, an dem schon kleine Blutspuren zu sehen waren. Dann deutete er auf den nassen Sand um das Opfer herum. „Es wird noch seltsamer, hier ist keinerlei Blut."

„Naja, dann wurde das Opfer woanders getötet, das ist doch nicht ungewöhnlich.", meinte Arturo.

„Sie missverstehen mich, hier ist nicht zu wenig Blut, hier ist gar keines. Das Opfer ist blutleer." Vorsichtig kniete sich der Akademiker in den Sand und deutete in die Richtung des Halses. „Es ist schwer zu sehen, aber ich habe eindeutig einen Schnitt in der Kehle identifiziert. Das Opfer wurde ausgeblutet."

„Gibt es irgendwo zwei Einstichlöcher?"

„Das ist nicht witzig, Comisario", murmelte der Rechtsmediziner, „das war kein Vampir. Die Frau wurde vermutlich über Kopf aufgehängt und dann direkt geschächtet."

„Lebendig?"

„Der Schnitt ist ante mortem."

Péron stammelte: „Sie wollen mir hoffentlich nicht sagen, dass die Frau ..." Der Dorfpolizist war derartige Verstümmelungen nicht gewöhnt und geriet aus der Fassung.

Der Mediziner biss die Zähne zusammen. „Ja! Die Verletzungen in den Muskeln von der chirurgischen Hautentfernung sind ebenfalls ante mortem, die Frau lebte noch. Ich gehe davon aus, dass sie aber das Bewusstsein schnell verlor. Ob sie betäubt wurde, kann ich erst sagen, wenn ich das Blutbild vorliegen habe."

Arturo erhob sich und zeigte mit verkniffenem Gesicht um die Leiche herum. „Irgendwelche persönlichen Gegenstände, die bei der Identifizierung helfen könnten?"

Péron drückte ihm eine Kladde in die Hand und sagte: „Alle Daten stehen hier drauf. Wir haben ihren deutschen Personalausweis gefunden und einen Schlüssel zu einer Ferienwohnung", er zögerte kurz und fuhr dann fort: „für zwei Personen." Arturo biss die Zähne zusammen. Das hieß, er musste jemandem den Urlaub versauen. Diesen Teil seines Berufes hasste er, aber er würde ihn niemals abtreten. „Gut, dann gehen wir als erstes dorthin. Ich schaue mir im Auto den Zwischenstand der Ermittlungen an." Luca hielt den Comisario am Arm fest und zeigte ihm einen Ausdruck. Arturo starrte darauf: „Wer ist das, wen sollen wir da zu unseren Ermittlungen hinzuziehen? Noch nie gehört!" Der Dorfpolizist kratzte sich am Kopf, sagte: „Das ist der da!", und deutete auf die andere Liste in seiner Hand. Der Comisario lachte hell auf. „Nicht ihr Ernst!" Luca zuckte hilflos mit den Achseln. Sein Vorgesetzter schüttelte den Kopf und setzte sich in Bewegung. Die beiden Ermittler gingen langsam von der Fundstelle weg und steuerten den Dienstwagen an.

Eine Finca in Cala Pi
1. Mai 2017, zur gleichen Zeit

Der alte Mann tauchte seinen Pinsel in den Eimer und zog ihn vorsichtig heraus. Ganz sorgfältig strich er ihn am Rand ab, damit kein Tropfen vergeudet wurde. Es wäre eine Katastrophe, wenn die Menge nicht ausreichen würde, um die Wände zu streichen. Langsam und gleichmäßig strich er unter dem diffusen Leuchten einer Camping-Gaslaterne die Natursteinwand. Das Licht waberte hin und her, wenn die Laterne an ihrer Aufhängung im Gebälk von einem leichten Luftzug ins Schaukeln gebracht wurde. Trotz des hellen Vormittags schien kaum Tageslicht in das Zimmer. Damit er bei seiner wichtigen Arbeit keinen Fehler beging, hatte er zusätzlich die Laterne aufgehängt. Gelegentlich zerdrückte er ein paar Farbklümpchen am Pinsel, warf sie aber nicht fort, sondern strich solange mit dem fast trockenen Pinsel darüber, bis auch das letzte Quäntchen verarbeitet war. „Der Herr soll zufrieden sein mit dem Anstrich, oh ja. Der Herr soll ganz und gar zufrieden sein, oh ja", murmelte er wirr vor sich hin. Der Schweiß stand ihm auf der Stirn, perlte ab und rann seine Wange hinunter. Sein altes, vergilbtes Unterhemd war verschwitzt, aber blitzsauber. Ungewöhnlich für einen Mann, der gerade

53

mit Malerarbeiten beschäftigt war. Sein Gesichtsausdruck war konzentriert und fokussiert. Als bestünde die Welt nur noch aus ihm und der Wand. Strich an Strich setzte er aneinander. Und achtete mit höchster Präzision darauf, dass nicht ein Millimeter unbedeckt war, dass jede grob verputze Ritze zwischen den rauen Natursteinen etwas Farbe abbekam. Gott möge verhüten, dass noch etwas von dem uralten Mörtel dazwischen ungestrichen blieb. Oder gar noch etwas von dem dunkelbraunen Anstrich der letzten Farbschicht zu sehen wäre. „Der Herr muss unbedingt zufrieden mit mir sein, oh ja. Ohne Zweifel, oh ja." So abgedunkelt, wie der braune Anstrich war, musste der letzte Maler hier vor Jahrzehnten gestanden haben. Die Wände des kleinen Zimmers hatten den Anstrich bitter nötig. An den anderen, ungestrichenen Wänden, bröckelte die Farbe stellenweise schon von der Wand ab, darunter offenbarten sich noch dunklere, ältere Farbschichten. Immer wieder tauchte der alte Mann seinen Pinsel mit gleichbleibender Hingabe in den Topf, als hinge sein Leben davon ab. Eine Stimme hallte durch den Raum und wisperte: „Streiche die Wände." Sie schien durch den Raum zu wandern und verklang leise im Ohr des alten Mannes. „Ich streiche doch, Herr. Ich streiche so schnell und gut ich kann, oh ja." Er krümmte sich zusammen und tauchte flugs den Pinsel wieder ein. Etwas Spucke bildete sich in seinem Mundwinkel und ein hauchdünner Faden rann aus seinem Mund. Er hatte Angst davor, dass die Farbe nicht ausreichen würde. Eine Höllenangst davor, dass ein Stück Wand ungestrichen blieb. Er bemühte sich noch mehr als zuvor, aber der Druck ließ seine Hand unsicher werden. Er rutschte ab. Schrie entsetzt auf. Schaute sich hektisch um, als würde er von irgendwoher eine Strafe erwarten. Als diese ausblieb, begutachtete er den Schaden. Mit zusammengebissenen Zähnen strich er ruhig über die betreffende Stelle. Betrachtete sie. Bewegte den Pinsel an einem Punkt etwas hin und her. Hielt dann inne, um sich den Schweiß abzuwischen. Dann nickte er vorsichtig. Der Schaden war behoben. Mittlerweile sah er seine Arbeit als einen Kampf, jede überwundene Ritze als einen besiegten Gegner und jeden Stein als eine gewonnene Schlacht. Er schaute auf die Uhr. Schaute auf die Wand hinter sich. Die dritte Wand war geschafft. Müdigkeit überfiel ihn, er arbeitete schon seit Stunden ohne Pause. Eigentlich seit gestern. Noch knapp vier Stunden und noch eine Wand. Ängstlich schaute er in den Eimer, wie viel Farbe noch darin war. Es war noch genug da. Ein warmes Glücksgefühl breitete sich in dem alten Mann aus. „Die Farbe reicht, die Farbe reicht, die Farbe reicht", murmelte er in einem hohl klingenden

Singsang vor sich hin. Und er strich vergnügt, aber weiterhin konzentriert, die verbleibende Wand. Einige Stunden später war es soweit. „Es ist vollbracht", sagte er und kicherte. Und musterte zufrieden sein Meisterwerk.

Er schaute auf seine Uhr und sah, dass es 10.30 Uhr war. Es wurde höchste Zeit, zur Arbeit zu gehen. Sein Chef hatte heute seine üblichen Vorbereitungen übernommen, aber den letzten Schliff wollte er selbst vornehmen. Bevor es richtig losging.

Er schaute in den Eimer. Er war leer. Der Pinsel trocken. Er hatte absolut alles getan, um keinen Milliliter Farbe zu verschwenden. Zufriedenheit breitete sich in ihm aus. Da ertönte in seinen Ohren wieder die Stimme: „Streich die Wände!" Der alte Mann wurde bleich. „Nein, oh nein. Alles ist gestrichen. Nein, nein, nein."

„Streich die Wände!"

„Sie sind gestrichen. Sie sind perfekt gestrichen, oh ja. Oh ja."

„Streich die Wände!"

„Sie sind makellos, Herr. Makellos, oh ja."

„Streich die Wände!", donnerte es. Das Licht flackerte. Der Luftzug im Raum verstärkte sich.

„Herr, ich bitte euch ..."

„Streich die Wände!", dröhnte es in seinen Ohren.

Der alte Mann krümmte sich und wand sich, als litte er entsetzliche Schmerzen.

„Streich die Wände!"

„Ja, Herr." Er beugte sich widerstrebend dem Befehl.

Renner stand am Tresen und checkte zum gefühlt tausendsten Mal sein Smartphone. Bisher war seine Whatsapp-Nachricht an Lucy noch nicht zugestellt worden. Offensichtlich war seine ... Ja, seine was? Er überlegte kurz, als was er sie bezeichnen sollte, und entschied sich mit einem warmen Gefühl im Bauch für das Wort „Freundin". Offensichtlich war seine Freundin eine Langschläferin. Er schenkte sich ein Wasser ein und warf Eiswürfel und Zitrone hinein. Dann stellte er eine Kanne Minztee nach marokkanischer Art vor sich hin und ein silbern ziseliertes Glas dazu, schüttete Pistazien in eine kleine Holzschale und platzierte sie auf die Bar. Der furchtbar süße Tee war zwar immer noch nicht nach seinem Geschmack, aber wenn er den Zucker wegließ, war das Getränk genau nach seinem Geschmack. Heute war noch nicht viel los, die meisten Gäste reisten erst Morgen an. Er hatte lediglich um 13 Uhr eine Touristengruppe mit vierzig Leuten, Landmanns erste Gruppe. In eines seiner fünf Gästezimmer war erst ein deutscher Zollbeamte eingezogen, der seine Freundin dabei hatte. Beide waren schon seit dem Morgen am Strand. Nur ein junges Pärchen saß auf der Terrasse, aß gebackene Auberginen und wartete auf ein Lamm-Couscous aus Santos Küche. Die Küche öffnete eigentlich erst um 12 Uhr, aber Santos war schon seit kurzem da und schmiss zuverlässig wie immer die Küche. Renner freute sich über die Ruhe. Er brauchte zwar das Geld der Touristengruppen, fühlte sich aber latent unwohl bei größeren Mengen unbekannter Menschen. Deshalb stand er auch meist hinter dem Tresen – etwas Abstand zwischen sich und der Außenwelt tat gut. Als er eine Nuss knackte, schwang die Tür auf und zwei Männer betraten das Restaurant. Der eine gut zwei Meter hoch, schlank und fit. Der andere eher klein und pummelig. Polizisten, schoss es Renner sofort durch den Kopf. Beide trugen zwar Zivilkleidung, aber genau die Art von Kleidung, die Renner auch im Dienst getragen hatte. Billige Anzüge von der Stange, einfache weiße Hemden – und beide trugen Waffen in einem Schulterholster, wie der pensionierte Kriminaler feststellte. Sie kamen ohne Umstände zum Tresen, was Renner nicht verwunderte. Der Barkeeper war immer eine gute Quelle für lokalen Klatsch und Tratsch. Leider hätten die beiden bei ihm Pech, er war noch nicht lange genug hier, um schon in die örtliche Gerüchteküche miteinbezogen zu werden.

„Herr Renner?"

Verwundert darüber, dass der Beamte seinen Namen

kannte, antwortete er: „Ja, das bin ich."

„Arturo Miller von der Policia Nacional, meine Kollege Péron von der örtlichen Polizei."

„Kann ich etwas für Sie tun? Gibt es ein Problem?"

„Könnten wir uns irgendwo in Ruhe unterhalten?"

Renner deutete auf einen Tisch neben der Bar und sagte: „Gerne, dort drüben." Was war hier los, fragte er sich, und steckte das Smartphone in die Tasche. Das war kein Routinebesuch. Wurde das irgendeine Erpressungsnummer von korrupten Beamten, die den Aleman ausnehmen wollten? Dann würden sie ihn kennenlernen. Renner schüttelt den Kopf, seine Fantasie ging wohl mit ihm durch. Er schaute noch mal auf sein Telefon, während er mit den Polizisten zum Tisch ging, nur für den Fall, dass Lucy ihm etwas geschrieben hatte. Doch da war nichts. „Bitte, setzen Sie sich meine Herren." Comisario Arturo setzte sich als erster, Luca Péron wartete bis er saß und nahm mit Absicht als zweiter Platz. Der kleine Dorfpolizist schien sich nicht wohl zu fühlen in seiner Haut, wie Renner bemerkte. Als der anscheinend höherrangige Mann seine erste Frage stellte, verzog Renner das Gesicht, presste die Lippen zusammen und seine Mimik erstarrte.

„Sie sind Kriminalkommissar Renner vom BKA?"

„Das war ich mal. Ich bin aufgrund einer

dienstlichen Verletzung frühzeitig aus dem Dienst ausgeschieden."

„Das erklärt zumindest ein wenig, was Sie hier treiben", brummte der dicke Polizist.

„Ich habe nicht vor, hier irgendwelche Ermittlungen zu führen, da kann ich Sie beruhigen. Ich will lediglich einen ruhiges, gutes Restaurant führen und mich an ein herrlich ereignisloses Leben gewöhnen."

„Ehrlich gesagt, sind wir hier um Sie um Hilfe zu bitten ."

„Wie bitte?"

„Herr Renner, wir haben hier eine Situation. Ein Mord an einer deutschen Urlauberin. Das Innenministerium hat kurz nach dem offiziellen Statement an das Auswärtige Amt in Deutschland eine offizielle Kooperationsanfrage gestellt. Sie wollen einen Beamten vom BKA an den Ermittlungen beteiligt sehen." Arturo musterte Renner von oben bis unten skeptisch. „Am liebsten einen erfahrenen Profiler, der mit Ritualmorden und Serienkillern vertraut ist. Anscheinend sind Sie das."

„Mich?", stieß Renner hervor. Er schüttelte den Kopf. „Vergessen Sie es. Nichts für ungut. Ich ermittle nicht mehr in Mordfällen. Erst recht nicht in solchen. Das ist endgültig vorbei. Ich werde nie wieder im aktiven Dienst arbeiten."

„Wir bräuchten Sie nur …"

Renner unterbrach ihn mit wütendem Gesicht und erhob sich: „Nein. Endgültig!"

Arturo hob beschwichtigend die Hand. „Gut, Herr Renner. Einverstanden, vergessen wir das. Ehrlich gesagt, ist mir das sowieso lieber. Es gibt nämlich ein großes Problem."

Als der Comisario seine nächste Frage stellte, wurde Renner schwindlig.

„Herr Renner, ist es korrekt, dass Lucy Körner den gestrigen Tag mit Ihnen verbracht hat?"

Fragen dieser Art hatte Renner selbst gefühlt tausendmal gestellt. Er wusste, was jetzt kam. Der Frage nach dem Alibi folgte unweigerlich die Mitteilung über den Tod, Lucys Tod. Der Raum drehte sich um ihn. Er stand auf, stützte sich schweratmend am Tisch ab und fragte: „Sie ist es? Lucy ist tot? Sie ist wirklich tot?" Er atmete schwer, ihm wurde etwas schwarz vor Augen. Renner drückte sich vom Tisch ab und ging zum Tresen. Er füllte ein Glas Wasser aus dem Hahn und trank es in einem Zug aus. Dann nahm er eine Flasche Lagavulin aus dem Spirituosenregal, griff sich ein Glas und ging zum Tisch zurück. Er setzte sich, trank einen kräftigen Schluck Single Malt. „Bitte beantworten Sie trotzdem noch meine Frage: Ist Lucy wirklich tot?"

Arturo wollte etwas sagen, Luca kam ihm zuvor: „Bedauerlicherweise, ja. Sie wurde heute Morgen ermordet am Strand aufgefunden. Direkt unterhalb der Steilklippen."

Renner saß da wie betäubt. Lucy war tot. Dabei hätte aus ihnen beiden wirklich etwas werden können. Zum ersten Mal seit Jahren hatte er wieder erste Gefühle für eine Frau entwickelt. Der gestrige Nachmittag zog vor seinen Augen vorbei, er hörte Lucys Lachen wieder in seinen Ohren erklingen, sah ihre langen, braunen Haare im Fahrtwind des Bootes flattern. Verzweifelt versuchte er, sich an den Duft ihres Parfums zu erinnern, aber es gelang ihm nicht. War er gerade eben noch gefasst und ruhig, drohte ihm seine Fassung jetzt fast zu entgleiten. Er hatte einen dicken Kloß im Hals. Verdammt noch mal, es war doch nicht so wichtig, wie das Parfum roch. Doch, das war es.

„Herr Renner!"

Er zuckte zusammen und bemerkte, dass der Ranghöhere der beiden ihn anstarrte. Der Beamte musste wohl in der Zwischenzeit weitergesprochen haben, und Renner hatte es gedankenverloren überhört.

Arturo fragte erneut: „Sie verstehen als Kollege sicher, dass ich trotz allem fragen muss, wo Sie zwischen 0 und 6 Uhr heute Morgen waren?"

Renner trank einen weiteren Schluck Single Malt

und atmete tief ein. „Von 23.30 bis etwa 2.30 Uhr saß ich mit deutschen Übernachtungsgästen, die spät nach Hause kamen, an der Bar. Danach bin ich zu Bett gegangen. Vermutlich könnte ihre Kriminaltechnik meiner Smartwatch Herzschlag und Standort zu diesem Zeitpunkt entlocken."

Péron winkte ab: „Das wird vorerst nicht nötig sein Herr Renner. Bitte halten Sie sich trotzdem zu unserer Verfügung." Renner nickte stumm und kippte den Rest seines Drinks herunter. Comisario Arturo sah Péron strafend an, korrigierte ihn aber nicht. Beide standen auf und verabschiedeten sich.

Als die Tür hinter den beiden zugefallen war, kam Santos an den Tisch. „Marc? Ist alles in Ordnung mit dir? Was wollte die Polizei?" Als sein Koch hörte, was geschehen war, setze er sich zu Renner und versuchte, etwas Trost zu spenden. Mehr oder weniger vergeblich, denn Renner war schon im Einsatzmodus: Er saß da und ging in Gedanken die nächsten Schritte durch. Er würde als Erstes Lucys Freundin Jessica in deren Ferienwohnung aufsuchen und dann von dort aus rückwärts arbeiten. Renner erhob sich, sein Gesicht regungslos. Er fluchte innerlich darüber, dass er keine Waffe mit nach Mallorca genommen hatte. Aus der Schublade an der Bar zog er den Schlagring, den er für entgleiste Kneipenschlägereien aufbewahrte. Er bat

Santos, das Restaurant zu übernehmen.

Draußen vor der Tür saßen die beiden Polizisten im Auto und diskutierten. Comisario Arturo schüttelte den Kopf: „Den hast du zu früh vom Haken gelassen, Luca."

„Komm, du willst mir nicht erzählen, dass du den ernsthaft als Täter in Betracht ziehst? Selbst wenn ich ignoriere, dass er Beamter einer nationalen Polizeibehörde ist – er hat ein Alibi. Wenn der um 2.30 Uhr noch hier war, kann er sie nicht zwischen 23 und 0 Uhr entführt haben. Du weißt, dass die Freundin des Opfers noch um 23 Uhr mit ihr telefoniert hat – und da war sie kurz vor der Ferienwohnung."

„Vielleicht hatte er einen Gehilfen", brummelte Comisario Arturo patzig.

Luca verdrehte die Augen. „Komm, lass es gut sein!"

„Ich bin trotzdem froh, dass er abgelehnt hat, sich an den Ermittlungen zu beteiligen. Ein Verdächtiger wird an Mordermittlungen beteiligt. Zum Teufel noch mal, wohin kämen wir da?" Luca schnaubte nur abfällig durch die Nase, gab Gas und fuhr den Wagen quietschend vom Hof.

Als Renner durch die Tür trat, schaute er vorsichtig zum Parkplatz hinüber, wie erhofft waren die Polizisten schon abgefahren. Er schnappte sich diesmal seine Enduro-Geländemaschine und fuhr zügig in das kleine Zentrum der verstreuten Siedlung. Auf der zentralen Plaza parkte er und ging zu Fuß den Weg entlang, den auch Lucy als letztes gegangen sein musste. Seinen Augen entging nichts, jede Bodenritze, jeder Gegenstand wurde begutachtet. Dabei huschten die Blicke professionell und schnell von links nach rechts und schätzten die Umgebung auf potentielle Gelegenheiten für einen gefahrlosen Hinterhalt ein. Er grüßte einen alten Straßenkehrer, der gemächlich den Bordstein fegte und den Kehricht in die Tonne warf, die er hinter sich her zog. Der Mann erwiderte seinen Gruß nicht, sondern spuckte aus, und murmelte irgendetwas Wirres auf Spanisch und lachte schrill. Irritiert ging der pensionierte Kriminalbeamte weiter – und blieb an einer Stelle stehen, die er für einen Hinterhalt gewählt hätte. Er schaute sich um: Auf der einen Seite eine schmale Gasse zwischen zwei Häusern, die selbst am hellen Tag im dunklen Schatten lag, gegenüber nur Vegetation und hinter dem letzten Haus folgte die

Abzweigung, die zu Lucys Ferienwohnung führte. Ein Gebüsch sah ziemlich ramponiert aus, Renner trat näher und fand seine Vermutung bestätigt: Hier hatte der Mörder zugeschlagen. Abgeknickte Zweige und von der Senke hinter dem Gebüsch waren Schleifspuren zu sehen. Mit seinem Handy fotografierte er den Bereich aus der Entfernung sorgfältig und bemühte sich, nicht in den Tatort zu treten, um keine Verunreinigungen hereinzutragen. Er würde mit den beiden Polizisten telefonieren müssen. Auf dem Boden sah er etwas glitzern, er beugte sich aus Gewohnheit herunter und betrachtete seinen Fund: Einen alten Schlüssel mit einem komplizierten Bart. Er zuckte mit den Achseln, das Ding war verrostet und lag vermutlich schon hier, seit die Mauren von den Spaniern vertrieben wurden. Er wollte es ignorieren, steckte es dann aber doch aus einem Impuls heraus in seine Jackentasche. Renner drehte sich um und wollte den Straßenkehrer fragen, ob der hier irgendwas gefunden hatte – musste aber feststellen, dass der alte Mann mit dem skurrilen Lachen wie vom Erdboden verschluckt war. Renner zuckte mit den Achseln und beschloss, das die örtliche Polizei machen zu lassen. Er ging weiter, die staubige Straße entlang, an einer kleinen pittoresken Finca vorbei, kam nach einer Biegung in einen palmengesäumten Hof und stand vor einer prachtvollen, uralten Finca, die modern renoviert wurde. Das große Herrenhaus war in mehrere Ferienwohnungen unterteilt worden. Renner musste also versuchen, den Verwalter zu finden. Er lief umher und machte einen Bogen um Gasflaschen mit der Aufschrift Frisin, die im Schatten einer Hauswand aufgestapelt waren. Daneben standen CO_2-Flaschen Schließlich fand er eine Tür mit der Aufschrift „Recepción" und klingelte.

Die Tür aus sonnengebleichtem Holz ging auf, ein kleiner, gedrungen wirkender Mann öffnete die Tür. Er verzog sein Gesicht, als er Renner sah. „Wir haben keine Zimmer frei." Der Mann schlug die Tür wieder zu. Leicht verärgert klingelte Renner erneut. Diesmal zückte er seinen Dienstausweis des BKA und hielt ihn dem säuerlich dreinblickenden Mann unter die Nase. „Mein Name ist Marc Renner, ich bin ein deutscher Polizist und untersuche in Zusammenarbeit mit der Policia Nacional den Mord an Lucy Körner", log er. Der Mann brummte und sagte: „Da kann ich Ihnen nicht helfen. Ich bin gerade erst zurückgekommen." Und schlug die Tür erneut zu. Renner wurde langsam wütend. Da kam eine blonde Frau mit verweinten Augen aus der Ferienwohnung neben der Wohnung des Verwalters. Sie schaute ihn an, dann kam sie näher. „Der ist immer so verdammt unfreundlich. Ich versuche ihn seit zwei Tagen dazu zu bringen, die Toilette zu reparieren. Sind Sie Marc Renner? Sind Sie wegen Lucy hier?"

Renner schaute zu ihr herüber. „Sie kennen mich? Sind Sie Jessica Kovac?"

Die Frau nickte zaghaft und hielt ihr Handy hoch. „Lucy hatte mir ein Foto von ihrem Ausflug geschickt."

„Ich würde sehr gerne mit Ihnen reden. Haben Sie ein paar Minuten Zeit? Ich muss nur vorher noch kurz etwas beenden." Er klingelte erneut. Während er wartete, kroch langsam die Wut in ihm hoch. Seite immer stärker hervortretende Hitzköpfigkeit war schon in Deutschland ein Problem gewesen. Jetzt war sie wieder da. Der Ex-Kriminaler klingelte Sturm. Dann wartete noch eine Minute, und dachte: Scheiß drauf. Er begutachtete die Tür, analysierte die wahrscheinlichste Schwachstelle und bevor Jessica antworten konnte, nahm Renner Anlauf und trat mit Wucht auf eine Stelle oberhalb des Riegels. Holz splitterte aus dem Rahmen, ein kleiner Messingbeschlag flog durch die Luft und die Tür schlug krachend gegen die Wand im Flur. Renner ging hinein und zog keine zehn Sekunden später den strampelnden und keifenden Verwalter aus dem Haus. „Ich zeige Sie an, Sie Irrer!" Er ließ ihn angewidert auf eine Bank vor der Finca fallen und herrschte ihn an: „Halten Sie die Klappe, verdammt noch mal." Der

Mann kauerte sich auf der Bank zusammen, sein gebräuntes, faltiges Gesicht wirkte verwirrt und ängstlich. „Hier wurde eine Frau ermordet, die Freundin dieser Dame. Ihres Gastes!" Renner setzte einen Fuß auf die Bank, direkt neben den Verwalter. „Und Sie werden jetzt verdammt noch mal Anstand zeigen und meine Fragen vernünftig beantworten." Er ging den Abend Schritt für Schritt mit dem Mann durch, aber der hatte nichts Brauchbares zu erzählen. Außer der Tatsache, dass er bei seiner Schwester in Palma war. „Und sonst fällt Ihnen nichts ein?"

Der Mann überlegte, dann schüttelte er ängstlich den Kopf. „Aber Aberran könnte vielleicht etwas gesehen haben", sagte er eifrig. „Der fegte gestern die Straße einige hundert Meter von der Kreuzung entfernt, vielleicht weiß er etwas?" Renner zog den Mann in eine aufrechte Position und pflanzten den Mann förmlich auf die Bank. „Vielen Dank. Und reparieren Sie die Toilette der Dame, verdammt noch mal." Renner ließ den seltsamen alten Mann sitzen und ging zu Jessica. Dann setzte er ein bemüht freundliches Gesicht auf. „Wollen wir uns drinnen unterhalten, oder lieber einen Kaffee am Strand trinken?"

„Lieber einen Kaffee am Strand."

Sie liefen nebeneinander her, Renner versuchte Smalltalk zu machen, und sprach über das Wetter. Er unterbrach sich nach einigen Minuten laufen: „Entschuldigung, ich bin miserabel in so was. Harmloses Geplänkel ist für mich schwierig."

„Das habe ich gesehen", sagte Jessica trocken.

Renner lachte kurz und bellend auf und ging um eine Ecke, Jessica folgte ihm. Von weitem sah er schon seine Geländemaschine auf der Plaza stehen. Die Nackenhaare des ehemaligen Kriminalbeamten stellten sich auf, als er ein Fahrzeug sehr hoch beschleunigen hörte. Plötzlich schoss aus einer zweihundert Meter entfernten Gasse ein schwarzer Ford ohne Nummernschilder heraus. Renner wirbelte herum, als er die quietschenden Reifen hörte. Der Wagen schoss mit hoher Geschwindigkeit auf sie zu. Was macht denn der Spinner , dachte er. Als er in den Bruchteilen einer Sekunde erkannte, dass der Raser mit Absicht auf sie zuhielt, entschied sich Renner zu handeln. Er stieß Jessica über ein Mäuerchen, warf sich auf die Motorhaube des heranbrausenden Wagens und rollte sich über die Schulter ab. Er rappelte sich stöhnend auf, stolperte zu Jessica und überzeugte sich davon, dass sie unverletzt war. Er starrte dem davonbrausenden Ford hinterher und spürte wieder Wut in sich aufsteigen. Er drehte sich zu Jessica um und sagte: „Frau Kovac, wählen Sie bitte die 112 und verlangen die Policia Local, einen Luca Péron. Sagen Sie ihm ein

Mordverdächtiger flieht gerade in Richtung Llucmayor." Renner stieg auf seine Enduro, rammte den Schlüssel in das Schloss, setzte den Helm auf und gab zu viel Gas. Sein Vorderrad hob leicht ab. Er donnerte durch die Straßen, immer in die Richtung, in die der Ford verschwunden war. An der nächsten Ecke musste er sich leicht ins Gewicht legen, um nicht von der Straße abzukommen. Vorbei an Palmen, die den Straßenrand säumten, an niedrigen Häusern in typisch mediterraner Bauweise, mit flachen Dächern, hell gekalkt. Er drehte den Motor der Maschine auf Hochtouren. Straße um Straße der kleinen Ortschaft huschte an ihm vorüber. In weniger als einer Minute war er durch den Ort gepresst. Kurz vor dem Ortsausgang sprang ein Fußgänger fluchend von der Straße. Am Ende der Ortsausfahrt sah er den schwarzen Ford wieder, der eine helle Staubwolke hinter sich herzog. Der würde ihm nicht entkommen. Renner gab Gas und schoss hinaus auf die Landstraße nach Llucmayor. Renner holte langsam auf. Der Fahrer des Mittelklassewagens, vermutlich ein Focus, hatte den Deutschen bemerkt und beschleunigte nochmals. Er bemerkte, dass das Seitenfenster heruntergekurbelt wurde. Aufmerksam beobachtete er die Fahrerseite. Die Enduro und der Ford rasten die Straße entlang, Renners Motorrad holte langsam auf. Jetzt war Vorsicht angesagt, damit ihn der Gegner nicht mit einem schnellen Bremsmanöver austricksen würde. Er rechnete fest damit, dass irgendwann die Bremslichter aufleuchteten. Dann hieß es handeln. Schon mehrfach hatte Renner gesehen, dass Fahrzeuge bei abrupten Bremsmanövern kurz vollständig zum Stehen kamen. Das wäre dann seine Chance. Wenn der Bastard nicht bremsen würde, dann bliebe Renner nichts anderes übrig, als den Ford weiterzuverfolgen, bis Jessica endlich die Polizei mobilisiert hatte. Egal, was passiert – den Drecksack kriege ich, dachte er. Renner war bis auf hundert Meter an das Fahrzeug herangerückt. Der Moment der Konfrontation rückte näher. Es war ihm nur recht, wenn der Idiot sein Fenster offen stehen ließ. Er beschloss, seinen Schlagring mit Wucht durch das offene Seitenfenster zu feuern. Mit etwas Glück würde er den Fahrer treffen und ablenken. Der Abstand schmolz weiter. Mit einer Hand hielt Renner den Lenker und holte das Letzte aus dem Motorrad heraus. Plötzlich streckte der Fahrer den Arm aus dem Fenster heraus. Etwas flog im hohen Bogen durch die Luft, direkt auf Renner zu. Er riss einhändig den Lenker herum, um auszuweichen, dann fing er an zu schlingern. Keine Sekunde später flog das zweite Wurfgeschoss heran. Erneut riss er den Lenker herum – in derselben Sekunde merkte er, dass das ein schwerer

Fehler war. Er verlor die Kontrolle. Einen Moment lang rang er mit der leichten Geländemaschine, versuchte sie mit aller Kraft auf der Spur zu halten. Dann überschlugen sich die Ereignisse. Aus dem Augenwinkel sah Renner ein weiteres Geschoss heranfliegen. Diesmal war es zu spät. Mit enormer Wucht schlug etwas, dass Renner noch in letzter Sekunde als Backstein identifizierte, gegen seinen Helm. Der Körper des großen, schweren Mannes wurde herumgerissen, der Lenker der Maschine mit ihm. Das Motorrad geriet außer Kontrolle, raste aus der Kurve, kippte und schlitterte in ein Gebüsch. Renner flog über den Lenker und knallte mit dem Kopf gegen einen kleinen Baum. Der schwarze Ford verschwand in der Ferne und hinterließ nichts, außer einer kleinen Staubwolke, die sich langsam wieder legte.

Renner erhob sich benommen, stützte sich kurz auf seinen Knien ab und fühlte eine rasende Wut in sich aufsteigen. Er hatte das Dreckschwein verloren. So dicht dran. Und verloren. Kein Kennzeichen. Nichts. Er fluchte laut auf Katalanisch. Trat gegen einen Stein. Riss den Kopf in den Nacken und schrie seine Verzweiflung in den Himmel. Er ballte die Fäuste und ging zu seinem Motorrad, hob es auf und begutachtete den Schaden. Nichts funktionsbeeinträchtigendes. In dem Moment ertönten aus der Ferne Sirenen und zwei Einsatzfahrzeuge der Policia Local rasten aus Richtung Cala Pi auf der Landstraße heran. Als Comisario Arturo und Luca aus dem Wagen stiegen, lehnte Renner mit verkniffener Miene an seiner völlig ramponierten Maschine: Das weiße Hemd an der Seite aufgerissen, die Jeans mit Motoröl beschmiert und die Hände blutig geschürft. Die Umgebung drehte sich immer noch um ihn herum.

„Haben Sie ein Aspirin für mich?"

Comisario Arturo baute sich in voller Größe vor ihm auf. Normalerweise sah das imposant aus, bei dem großen, breitschultrigen Renner, verlief sich der Effekt fast. Arturo begann zu brüllen: „Was glauben Sie

75

eigentlich, wer Sie sind. Sie können doch hier keine Hochgeschwindigkeitsverfolgungsjagden wie in dieser miserablen Cobra-12-Fernsehserie veranstalten."

„Cobra 11", murmelte Renner leise.

„Wie bitte? Wollen Sie jetzt frech werden?"

„Was hätte ich denn tun sollen, den Täter entkommen lassen?", brüllte Renner zurück. Ihn nervte jetzt langsam das Gehabe des Kriminalbeamten vor ihm. „Und die verdammte Serie heißt „Alarm für Cobra 11, nicht 12, Sie Inselaffe." Renner schoss ein Schmerz durch den Nacken, sein Kopf dröhnte plötzlich ziemlich heftig. Sein Magen revoltierte, er ließ sich auf die Knie nieder und erbrach. Arturos Begleiter Luca sprang herbei und stützte Renner, um ihm beim Aufstehen zu helfen. Der schüttelte ihn ab und wollte wieder zur Enduro laufen. „Ganz langsam, der Krankenwagen kommt gleich. Sie haben eine Gehirnerschütterung."

„Er darf nicht entkommen!", murmelte Renner undeutlich, bevor ihm wieder schwindelig wurde und er sich erneut erbrach. Luca folgte seinem Beispiel gleich darauf, anscheinend hatte er einen empfindlichen Magen. Zitternd und erschöpft setzte Renner sich in den Staub und sah die beiden Polizisten neben sich mit leerem Blick an.

Luca wischte sich den Mund mit einem Taschentuch

ab, kniete neben ihn und sagte leise: „Nur die Ruhe, Kommissar Oberschlau. Wir haben von Llucmayor aus alle Ausfallstraßen gesperrt. Der geht uns hundertprozentig ins Netz."

Renner murmelte etwas, dann wurde er bewusstlos.

Clinica Manacor
2. Mai 2017, vormittags

Als Renner langsam wieder zu sich kam, lag er in blütenweißen Leinendecken auf einem frisch bezogenen Krankenhausbett. Sein Nacken war dick in eine Halskrause gepackt und neben ihm piepte ein Krankenhausmonitor gleichmäßig vor sich hin. Jemand räusperte sich neben seinem Bett. Er schaute auf und blickte in ein unbekanntes Gesicht.

„Herr Renner, schön, dass Sie wieder unter uns sind. Ich hatte Ihrem Chef in Wiesbaden – wie war gleich sein Name? Ah, richtig: Müller. Was für ein Allerweltsname. Naja, jedenfalls habe ich Ihrem Chef in Wiesbaden schon gestern Abend gesagt, dass ihr Zustand unkritisch ..."

„Wer zum Geier sind Sie?", unterbrach er den plappernden Mann.

„Oh, Verzeihung. Ich habe ganz vergessen mich vorzustellen. Mein Name ist Alfredo Müller-Wohlfahrt. Meines Zeichens Konsul von Mallorca."

Renner musste sich ein Grinsen verkneifen. „Sehr erfreut, Herr Müller-Wohlfahrt. Allerdings wäre mir Ihr Namensvetter Hans-Wilhelm gerade lieber."

„Äh, Verzeihung?"

Er schwang vorsichtig seine Beine vom

Krankenhausbett. Während er sich Stück für Stück die Elektroden vom Leib pflückte, erklärte er dem Konsul: „Das ist der Mannschaftsarzt der deutschen Fußballnationalmannschaft." Ein durchdringendes Schrillen ertönte aus dem Krankenhausmonitor, als sich Renner eine weitere Elektrode abriss. Die Tür flog auf und eine Krankenschwester und der Polizist aus Cala Pi, Luca Péron, stürmten ins Zimmer. Die Schwester stieß in einer atemberaubenden Geschwindigkeit katalanische Sätze heraus und fuchtelte mit den Armen. Renner dröhnte noch leicht der Kopf. „Das geht mir zu schnell! He, Péron, was will sie?"

Der Angesprochene wechselte ein paar Sätze mit der Schwester, die daraufhin schnaubend abzog. „Die wollte, dass Sie sich wieder hinpflanzen. Ich habe der Tante gesagt, dass Sie vermutlich eher in den Beistelltisch beißen würden."

„Sie gefallen mir, Péron."

„Nenn mich ruhig Luca. Ich habe 'ne Grundregel, wenn man einmal miteinander gekotzt hat ... Übrigens, darf ich dir den Mann vorstellen, der dich vor einer Gefängnispritsche in Llucmayor bewahrt hat?"

„Wir kennen uns schon. Du spielst auf den Comisario an?"

Luca klärte Renner darüber auf, dass der Beamte der Policia Nacional ihn einsperren wollte – wegen

79

lebensgefährlicher Verkehrsgefährdung. Und der Konsul auf wundersame Weise erschien, um zu intervenieren. Luca grinste verschmitzt. „In Wirklichkeit, ist an dem Erscheinen des Konsuls nichts Wundersames. Ich habe zum Telefonhörer gegriffen, und mich beim BKA bis zu deinem ehemaligem Vorgesetzten Mirko Eder durchgefragt. Der hat dann beim Innenministerium angerufen, die den Konsul zur Klinik schickten. Der Rest ist Geschichte!" Renner begriff: Ab diesem Moment war das Ganze ein diplomatischer Zwischenfall und das spanische Innenministerium nahm Arturo an die Leine. Er zog seine Hose an, dabei fiel klappernd der rostige Schlüssel vom Tatort auf den Boden. Genervt stopfte er ihn in seine Jackentasche, steckte seine Füße in seine Lederturnschuhe, riss die Halskrause ab und schaute zu seinem neuen Verbündeten auf. „Wieso machst du das?"

Luca schwieg. Schien zu überlegen, setzte an zu sprechen. Schluckte kurz. Dann sagte er kurz angebunden: „Ich habe meine Gründe." Drehte sich um und ging wortlos aus dem Zimmer. Renner folgte ihm kurz darauf, schloss im Flur zu ihm auf und ging mit ihm hinaus, zu Lucas Dienstwagen.

Als Renner über die Terrasse seines Restaurants lief, staunte er über die voll besetzten Tische. Sonia wirbelte durch eine Tür, ein junges Mädchen von vielleicht achtzehn oder neunzehn Jahren folgte ihr. „Ah, da schau an. Der Chef lebt auch noch." Die Bedienung stutzte, dann schaute sie Renner besorgt an. „Sie sehen etwas ramponiert aus Chef. Alles in Ordnung?"

„Nur ein kleiner Motorradunfall."

Sie zeigte hinter sich auf das Mädchen, dessen schwarze Haarpracht genauso widerspenstig aussah, wie ihre eigene. „Das ist Lucia, meine Cousine. Sie ist heute mit eingesprungen. Santos Essen füllt das ganze Haus." Sie drückte Renner ein Handtuch in die Hand. „Marsch an die Bar, Santos flitzt im Moment immer zwischen Bar und Küche hin und her. Das geht so nicht!"

„Jawohl, Frau Chefin!", sagte er und lächelte. Es tat gut zu wissen, dass sein Restaurant offensichtlich florierte. Das half ihm sogar dabei, den Tod von Lucy ein wenig besser zu verkraften.

Renner entschloss sich, ihr bei Gelegenheit einen zusätzlichen Scheck zuzustecken, die junge Frau entwickelte sich immer mehr zur Seele des Restaurants.

Und jetzt, wo er sich ständig mit Ermittlungen beschäftigen musste, war Sonia so wichtig wie noch nie zuvor. Der Abend verging wie im Flug, zwischen Bier zapfen, Cocktails mixen und Weinflaschen öffnen, blieb Renner keine Zeit zum Nachdenken. Und dafür war er dankbar. Einfach mal simple Arbeit mit den Händen verrichten und an nichts denken. Stunden später trocknete er seine Hände müde, aber zufrieden an seinem Handtuch ab. Er zapfte sich ein Nau vom Fass und schaute durch das Fenster. Scheiß auf die Tabletten, dachte er! Die letzten Gäste saßen unter der pflanzenumrankten Pergola auf der Terrasse, Santos hatte die Küche aufgeräumt und war nach Hause gefahren. Lucia saß an der Bar und wartete darauf, dass einer der Gäste draußen noch etwas bestellen wollte. Es war ruhig geworden, die Zikaden zirpten und aus der Ferne rauschte das Meer. Die Sonne schickte langsam ihre letzten wärmenden Strahlen über den Himmel und tauchte den Horizont in ein knalliges Orange. „Lucia, ich setze mich zum Turm rüber und entspanne etwas." Die junge Mallorquinerin zeigte auf sein Bier und sagte: „Wollen Sie nicht lieber etwas alkoholfreies trinken, Chef? Ich kann Ihnen einen frisch gepressten Orangensaft bringen." Der Gastronom warf in halb gespielter, halb echter Verzweiflung den Arm hoch und ergriff die Flucht – Lucia stand ihrer Cousine Sonia in nichts nach. Er ging langsam über die Terrasse, vorbei am Spielplatz und auf die andere Straßenseite. Nach ein paar Schritten über sandigen Boden ließ er sich hinter dem historischen Turm nieder. Er ließ den Blick über die Steilküste und das weite Meer vor sich schweifen. Unten rauschte sanft die Brandung, die Sonne schien kurz vor ihrem Erlöschen nochmal ihre letzten Kräfte zu mobilisieren und wärmte ihn. Renner schaute zwischen seinen angewinkelten Beinen hindurch und kniff die Augen zusammen. Er schaute zur gegenüberliegenden Steilküste. Dort stand schon wieder jemand. Hoch aufgerichtet, direkt an der Steilküste. Renner stand auf und ging bis an den Rand des Abgrunds. Er legte die Hände an die Augen, um sich gegen die Sonne abzuschirmen. Eine Gestalt mit unscharfen Umrissen zeichnete sich gegen den Abendhimmel ab. Auf dem Kopf ein seltsamer Federschmuck. Als Renner blinzelte, verschwand die Gestalt wieder, genau wie beim letzten Mal. Ein leichtes Frösteln überkam ihn und erneut fühlte er sich unbehaglich. „So langsam fange ich an zu spinnen", murmelte er in sich hinein und ging grübelnd um den Turm herum – um direkt mit einer nach Oleander duftenden Person zusammenzustoßen. „Entschuldigung!", sagte er und schaute auf. Dann stöhnte er innerlich.

Die Museumswärterin Maria stand vor ihm, in einem eng anliegenden roten Kleid. Ihre grünen Augen waren weit geöffnet vor Entsetzen. Ihre Schultern bebten und sie hatte eine Hand vor ihren Mund gelegt.

Renner hob vorsichtig die Arme in die Höhe und trat einen Schritt zurück. „Oh bitte, der Abend war so schön. Ich will nicht von Ihnen angebrüllt werden. Ich bin völlig harmlos, ich wollte Ihnen nichts tun."

„Das weiß ich jetzt auch, Luca hat gesagt, Sie sind ein berühmter Mordermittler." Sie wedelte seine Erklärung ungeduldig mit der Hand weg. „Sie haben IHN auch gesehen, oder? Er war da. Er war wirklich da, ich bilde mir das nicht ein?"

Renner rollte mit den Augen. „Ich habe keine Ahnung, was Sie meinen."

„Wo ist er hin?", flüsterte sie. Sie trat vor, nahm Renners Gesicht in die Hände, schaute ihm mitten in die Augen. „Sehen Sie mich an. Sie haben ihn gesehen!"

Renner wich zurück und verlor die Geduld:

„Ja, verdammt. Ist ja gut, ich habe jemanden gesehen. Und Sie müssen nicht gleich durchdrehen. Das sah zwar gruselig aus, war aber mit Sicherheit irgendein Kasper."

Maria schüttelte den Kopf. „Das ist der Azteke, er kommt, um Unheil anzukündigen."

„Oh Herr im Himmel, jetzt reicht's mir. Kommen Sie

mit." Renner nahm die junge Frau an der Hand und zog sie zum Parkplatz. Er schaute nach, ob der örtliche Mechaniker die Schäden an der robusten Geländemaschine behoben und wie versprochen geparkt hatte. Da stand sie, ramponiert, aber einsatzbereit. Er sprintete ins Restaurant, war zwanzig Sekunden später mit einem zweiten Helm zurück und schwang sich auf die Enduro. „Ein Spinner, der halbnackt mit einer Federkrone auf dem Kopf umherspaziert wird ja wohl schnell zu finden sein. Rauf mit Ihnen!" Er packte Maria an der Taille und hob sie mühelos auf den Platz hinter sich.

„Schilfrohre, es sind Schilfrohre", murmelte sie, als sie den Helm festzurrte. Dann raste die Maschine los und sie klammerte sich an dem Mann vor sich fest. „Wenn mein Bruder Sie dabei erwischt, wie Sie so durch Cala Pi rasen, sperrt er Sie ein!"

„Luca ist ihr Bruder?", rief er in die Gegensprechanlage. Und spürte wie ihr Helm beim Versuch zu nicken, gegen seinen Helm schlug. Eine Minute später hatten sie die Plaza überquert und rasten auf die Steilklippen zu. Renner schaute in alle Richtungen, aber da war niemand. Das Gelände vor den Klippen war einigermaßen weit einsehbar, aber dicht bewachsen. Er bremste und stieg ab. Maria folgte ihm, setzte ihren Helm ab und schüttelte ihr ungewöhnlich langes Haar, das in langen, wallenden Bewegungen wie ein schwarzer Wasserfall herabfiel. Er beobachtete sie fasziniert. Als ihr Blick seinen traf, wandte er sich schuldbewusst ab.

„Sie hätte sicher nichts dagegen gehabt, dass Sie eine andere Frau betrachten", sagte Maria vorsichtig.

Renner verstand. Er schluckte und bemühte sich, sich in den Griff zu bekommen, der Gedanke an Lucy quälte ihn. „Sie wissen es?"

„Mein Bruder bespricht alle Fälle mit mir. Ich bin quasi seine Watson. Er hat auch Ihre Lucy erwähnt."

Renner spürte wieder den Kloß im Hals. Ihren Namen zu hören, tat weh.

„Wo ist der hin?", sagte er und lenkte damit das Thema auf den eigentlichen Grund ihres Ausfluges. Maria schwieg, dann nahm sie ihn an die Hand und sagte ruhig: „Kommen Sie mal mit, lieber Starermittler." Sie führte Renner dicht an die Steilklippen heran und ging bis an die vorderste Stelle. „Sie erinnern sich an den Felsen, auf dem unser Azteke zu sehen war?" Renner nickte wortlos und zuckte mit den Achseln, er wusste nicht, worauf sie hinauswollte. Maria führte ihn an einem Gebüsch entlang und zeigte in den Abgrund vor sich.

Und Renner stutzte. „Verdammt, wie …?" Er sah den markanten Felsen vor sich, auf dem die Erscheinung stand. Es handelte sich gar nicht um die Spitze der Landzunge. Sondern um einen vorgelagerten Felsen, der aufgrund des Blickwinkels von der anderen Seite aussah, als würde er noch zum Festland gehören. In Wirklichkeit trennte ein steil abfallender Abgrund den Felsen vom Land. Ein Abgrund, der so breit war, dass niemand ihn mit einem Sprung überwinden konnte. Renner starrte vor sich hin, seine Gedanken rasten. Er suchte nach einer Erklärung. Fand aber keine. Das Ganze bereitete ihm irgendwie Kopfzerbrechen. Wie war das zu erklären? Sein Schädel dröhnte, wohl auch noch vom Unfall, und er beschloss, sich zu setzen. Ihm rann ein Schauer über den Rücken. Vorsichtig schaute er sich um, ob die Erscheinung zurückkehrte.

Maria setzte sich neben ihn. Legte eine Hand auf seinen Arm und sagte: „Beunruhigen Sie sich nicht. Der Prinz ist nicht böse. Ganz im Gegenteil."

Renner schüttelte den Kopf. „Dafür muss es doch aber eine Erklärung geben." Er war plötzlich müde, sehr müde. Vielleicht hatten ihm seine Augen einen Streich gespielt und der Azteke stand eigentlich woanders. Im Innersten wusste er jedoch, dass er sich selbst belog.

Maria räusperte sich neben ihm. „Ich werde Ihnen jetzt eine traurige Geschichte erzählen. Von einem Prinzen eines stolzen Volkes. Der fernab von seiner

Heimat von einem brutalen spanischen Schlächter als Sklave gehalten wurde. Die Geschichte des Sohnes von Moctezuma." Maria sprach lange, sie konnte gut erzählen. Renner war wie in einen Bann gezogen. Um sie herum wurde es dunkel, die Nacht wurde nur noch vom Licht der Sterne erhellt. Grillen zirpten, ein kräftiger Wind wehte vom Meer herein und trug eine Möwe mit sich über die Küste. Marias Gesicht glühte geheimnisvoll im letzten Licht der untergehenden Sonne. Sie beendete ihre Erzählung: „Und so gehen wir davon aus, dass er seinen Peiniger grausam ermordet hat und sich dann genau von dieser Klippe stürzte." Sie zeigte hinter sich. „Und die Legende besagt, dass der Azteke immer dann auftaucht, wenn großes Unheil bevorsteht. Er soll immer noch Nacht für Nacht gegen den Geist des Konquistadoren kämpfen. Und wenn er verliert, geht der Geist des bösartigen Spaniers wieder um und bringt Unglück über Cala Pi."

Er konnte nicht verhindern, dass ihm erneut ein Schauer den Rücken herunterlief. Ihm fiel ein, dass er den Azteken vor Lucys Verschwinden gesehen hatte. Renner fragte sich, ob das wirklich zusammenhängen konnte. Er sah irgendetwas und dann passierte ein Mord? Er rief sich selbst zur Ordnung, bevor die Atmosphäre ihn noch dazu brachte, diese unsinnige balearische Spinnerei zu glauben. Einbildung! „Und wo fand dieser Endkampf statt?", fragte er und beschloss, sich von diesem ganzen Hokuspokus nicht länger gefangen nehmen zu lassen.

„In der Blutfinca. Der Ort, an dem Puntajero Moctezuma gequält hat und schließlich auf grausame Weise ermordet wurde. Der Legende nach soll der Prinz ihn bei lebendigem Leib gehäutet haben. Um die Überreste dann irgendwie in die Finca einzuarbeiten."

„Passender Name, die Blutfinca. Und wo steht dieses aztekische Fort Alamo?", fragte er spöttisch.

„Ich weiß es nicht, meine Familie sucht seit Jahren danach. Wir finden sie nicht. Irgendwo auf dieser Seite der Steilklippen muss sie gewesen sein."

„Das ist rund 500 Jahre her, die ist vermutlich längst Staub und Asche."

„Oh, wir haben Fincas auf Mallorca, die sehr alt sind, täuschen Sie sich nicht." Renner stand auf, klopfte seine Hose ab und beschloss, der Gespensterstunde ein Ende zu bereiten. „Kommen Sie, ich bringe Sie nach Hause. Sonst hält mir Ihr Bruder morgen früh eine Strafpredigt." Maria lachte und ging mit ihm zusammen zum Motorrad. Als die beiden wegfuhren, richtete sich für einen Moment der Scheinwerfer auf den Felsen vor der Küste. Und während die Enduro in der Ferne verschwand, glaubte Renner aus den Augenwinkeln wahrzunehmen, wie sich eine Gestalt mit einer Federkrone von dem Felsen löste und in der Dunkelheit des Abgrunds verschwand.

3. 9 Liter

Cala Pi, Plaza Central
2. Mai 2017, in der selben Nacht

Die Freundin des Zollbeamten ging müde die Stufen
vom Strand hinauf, ihr Freund war vor wenigen
Minuten davon gestürmt. Sie hatten gestritten, weil er
sie zu Sex am Strand überreden wollte, sie aber keine
Lust dazu hatte. „Das ist viel zu öffentlich. Und
außerdem, du hast ja auch leicht reden, du bekommst
keinen Sand in deine Körperöffnungen. Das ist eklig."
Im Laufe des Streits stellte sich heraus, dass er extra
deshalb einen Strandurlaub gebucht hatte.
Anscheinend war das eine lange, unerfüllte Fantasie
von ihm. Theoretisch hätte sie sich vielleicht noch
überreden lassen. So ganz unromantisch war die Idee ja
nicht – und der Nervenkitzel war mal etwas ganz
anderes. Aber so plump und fordernd, wie Ronny das
rüberbrachte, hatte es ihr den Spaß verdorben. Sie hatte
keine Lust sich herumschubsen zu lassen. Also hatte sie
sich schließlich beleidigt weggedreht und ihn ignoriert.
Irgendwie kindisch, aber das war ihr in dem Moment
egal, er war schließlich auch nicht viel besser. Als
Ronny weggestürmt war, tat ihr der ganze Streit schon

wieder leid. Ja, er war ein Idiot, dachte sie bei sich. Aber er war ihr Idiot und eigentlich sehr süß und fürsorglich, da konnte sie mal über ihren Schatten springen und seine Teenager-Träume erfüllen. Miriam beschloss, ihm hinterherzulaufen und ihn zurück zum Strand zu führen. Sie sprang die letzten Stufen hinauf und wollte nach ihm rufen. Da hörte sie plötzlich ein Kratzen hinter sich. „Oh, guten Abend. Ich habe Sie gar nicht gesehen", sagte sie freundlich. „Endlich Feierabend und auf dem Weg nach Hause?" Der Mann vor ihr sagte nichts, schaute sie nur stumm an. Miriam war etwas irritiert. Hatte sie ihn verwechselt? Sie schaute ihn noch mal an. Nein, das war er. Irgendwie seltsam, dass der nichts sagte. Leicht unheimlich. Sie winkte ihrem Gegenüber zu und drehte sich um. In diesem Moment traf sie ein schneller Schlag an der Schläfe. Da sie sich gerade umgedreht hatte, rutsche die Faust des Mannes an ihrer Schläfe ab, was sie ins Taumeln brachte. Sie stürzte fast die Treppe hinunter, fing sich im letzten Moment am Geländer ab. Ihre kleine, blaue Handtasche fiel die Treppe hinunter. „Was ... Was soll das? Lassen Sie das, sonst schreie ich." Der Strand war menschenleer, weit und breit niemand zu sehen. Es war dunkel. Die nächsten Straßenlaternen weit weg. Unter ihr nur der Strand, der lediglich von dutzenden Strohschirmen bevölkert war. Das einzige

Geräusch kam vom Meer, das an den Strand brandete. Ansonsten war es totenstill. Der Mann zog einen Totschläger aus der Tasche. Miriams Augen weiteten sich, sie drehte sich um und rannte die Treppe hinunter. Weg, nur weg, dachte sie! Hinter sich hörte sie schnelle Schritte. Sie rannte weiter und stolperte fast über einen Liegestuhl. Plötzlich wurde ihr bewusst, dass sie unglaublich dumm war. Es gab nur einen Ausgang zum Dorf. Sie musste den Mann solange hinhalten, bis sie es wieder zur Treppe zurückgeschafft hatte. Irgendwie Katz und Maus mit ihm spielen. Dann die Treppe hoch, die Tasche mit dem Handy schnappen – und sie wäre in Sicherheit. Sie beschleunigte ihre Schritte, verlor einen Schuh und rannte mit einem weiter. Ihr Verfolger fiel etwas zurück. Miriam rannte zum Strand, der Mann folgte ihr, mittlerweile mit schnellen Schritten, aber längst nicht mehr rennend, wie sie irritiert feststellte. Sie schlug einen Haken, rannte durch die Gasse zwischen den Liegestuhlreihen, die am weitesten von dem unheimlichen Kerl entfernt war, und sah schon die Treppe vor sich. Sie sah die ersten Stufen vor sich, konnte schon ihre Tasche mit dem rettenden Handy sehen. Sie atmete erleichtert auf und rannte die letzten Stufen hoch. Plötzlich riss es ihr die Beine unter ihr weg, sie stürzte mit rudernden Armen und prallte mit dem Kopf gegen das

Eisengeländer. Der Mann stand über ihr und betrachtete ihren leblosen Körper mit Widerwillen. Er lauschte in sich hinein, dann nickte er widerstrebend, hob Miriam auf und lud sie sich auf die Schulter, um mit ihr in der Nacht zu verschwinden.

Als Miriam wieder wach wurde, war es immer noch dunkel. Sie versuchte Arme und Beine zu bewegen, nur um festzustellen, dass sie mit ausgestreckten Gliedmaßen auf dem Boden lang und an Holzpflöcke gefesselt war. Zitternd vor Angst schaute sie sich um und versuchte zu erkennen, wo sie war. Es war zwecklos. Das einzige, was sie erkennen konnte, waren ein paar Olivenbäume. Ein seltsamer, fremdländischer Singsang setzte ein und schien um sie herum zu wandern. Dann trat der Mann in ihr Blickfeld. Sie versuchte sich aufzubäumen und schrie durch den Knebel, als sie das Messer in seiner Hand sah. Plötzlich wurde ihr bewusst, dass sie sterben würde. Sie fing an zu schluchzen und weinen, zog und zerrte an ihren Fesseln und versuchte sich irgendwie zu befreien. Der Mann kniete neben ihr nieder und legte fast sanft seine Hand auf ihre Augen. Dann spürte sie einen brennenden Schmerz am Brustbein, der sich schnell ins Unerträgliche steigerte. Als der Schmerz unerträglich wurde, umfing sie das gnädige Dunkel und sie flüchtete sich in die Bewusstlosigkeit. Der Mann arbeitete mit schnellen Schnitten am ganzen Körper. Dann packte er den verunstalteten Körper und band ihn mit den Füßen nach obenan an einem kräftigen Ast im nächstgelegenen Olivenbaum fest. Stellte eine Zinkwanne unter ihren Kopf und begann wieder seinen fremdartigen Singsang zu intonieren. Dann ein schneller, kräftiger Schnitt durch die Kehle, die steinerne Klinge durchtrennte Muskeln, Sehnen und Gewebe wie Butter. Sekunden später rann Blut tropfend in die Zinkwanne. Der alte Mann lauschte in sich hinein, murmelte etwas und ging.

Renner stieg die Stufen zum Strand hinunter und hatte das Gefühl, dass er jeden Knochen spürte. Er setzte sich und nickte Frangelico zu, der ihm wenig später einen geeisten Kaffee brachte. Renner drehte sich zum Meer um und schaute auf die azurblaue Bucht hinaus. Am frühen Morgen war es noch angenehm frisch. Genau das richtige Klima, um seine Gedanken zu sortieren. Er schloss kurz die Augen und rief sich das Bild von Lucy ins Gedächtnis. Eine eisige Hand griff nach seinem Herzen. Renner atmete tief ein und aus und lauschte dem Rauschen des Meeres. Er versuchte erneut, sich an ihren Geruch zu erinnern. Es gelang ihm nicht. Das ist so verdammt unfair, dachte er sich. Ich hatte nicht einmal genug Zeit mit ihr, um mich an ihren Geruch erinnern zu können! Er ließ den Blick über die dicht bewachsenen Klippen wandern. Palmen, Aleppokiefern und Oleander wechselten sich ab und bedeckten die rauen, dunkelgrauen Felsen mit unterschiedlichen Grüntönen. Der Wind trug frische, würzige Meeresluft mit sich. Der Sand knirschte, jemand kam näher. Renner drehte sich müde um und sah Luca Péron näher kommen. Seit Comisario Arturo Renner als Berater akzeptieren musste, schickte er Luca beleidigt als Kontaktmann vor. Der intelligente Kriminalbeamte konnte ganz schön kindisch sein. Luca setze sich schnaufend neben Renner und bestellte einen heißen Chai. Renner schüttelte den Kopf und sagte: „Ist mir ein Rätsel, wie du die heiße Brühe als erfrischend empfinden kannst."

„Solltest es versuchen. Schließt die Poren und strengt den Körper weniger an, als dieses Spülwasser aus Vanilleeis und Kaffee."

Renner rümpfte die Nase und hielt sein Glas hoch. „Bist du des Wahnsinns, da drin sind nur Kaffee, Milch und jede Menge Eiswürfel. Das Vanilleeis überlasse ich den Touristen." Renner drehte sich wieder um und schaute auf s Meer hinaus. Luca seufzte, schlug eine mitgebrachte Mappe auf und fing an, die aktuellen Entwicklungen zusammenzufassen. „Der Obduktionsbericht lässt noch auf sich warten. Der Pathologe hat mir 'n Foto geschickt, weil ihm was aufgefallen ist." Er schaute ihn an: „Wenn du willst, kann ich's dir auch beschreiben. Du musst das nicht sehen." Renner schüttelte nur stumm den Kopf und streckte die Hand aus. Dann betrachtete er das Foto. Der Bildausschnitt zeigte eine Körperstelle, die aussah wie Hackfleisch. Tiefe Furchen, die mit geronnenem Blut gefüllt waren, bildeten ein seltsames dreieckiges Symbol. Er starrte das Bild an und bemühte sich, nicht daran zu denken, dass das Lucys Körper war. „Keine Ahnung was das ist." Eigentlich wollte er das Foto schon wieder zurückgeben, dann verharrte er kurz. Ihm fiel etwas auf, aber er zögerte, es auszusprechen. „Das sieht aus wie ... wie ein Aztekensymbol ..."

Luca verdrehte die Augen und seufzt. „Erzähl mir bitte nicht, dass meine Schwester bei dir war und ihre Aztekenstory auf dich losgelassen hat."

Renner zuckte nur mit den Achseln. „Sie war sehr hartnäckig."

„Ich weiß. Nervsack-Gen in der Familie."

„Hm", murmelte Renner und zögerte, bevor er weitersprach. „Ich habe ihn gestern zum zweiten Mal gesehen. Irgendwer turnt da auf den Felsen rum." Er lehnte sich zurück und vermied es, Luca in die Augen zu sehen.

Luca starrte ihn schon wieder an. Dann sagte er langsam: „Du ... hast ... den ... Azteken gesehen? Ist das dein Ernst?"

Renner nickte.

Der Dorfpolizist seufzte. „Das notier ich nich'. Wenn das wer liest, spielt die Bande Idioten hier wieder verrückt. Und der Padré ruft wieder beim großen Zampano in Rom an, um einen – wie heißt das – Exorzisten zu bestellen."

„ Ihr habt einen Exorzisten hier gehabt?"

„Ja, wir sind sehr abergläubisch. Aber egal. Wenn du nicht davon ausgehst, dass der Azteke hier rumläuft und Touristen massakriert, is' das eh egal."

Renner starrte ihn an und konnte nicht verhindern, dass ihm ein Schauer den Rücken runter lief. Ihm stand wieder die Gestalt auf dem Felsvorsprung vor Augen. Er verdrängte den absurden Gedanken, dann sagte er schnell: „Okay, weiter im Protokoll." Er seufzte, dachte erneut an Lucy. Und das brutale Foto. Er spürte, wie Wut in ihm vor sich hin gärte.

Luca sprach weiter: „Wir haben die Straßen von deinem Restaurant bis zur Ferienwohnung des Opfers ..."

„Lucy! Verdammt noch mal, Lucy. Sie hatte einen verfluchten Namen, Luca." Der Angesprochene neigte bedächtig den Kopf. „Ich weiß, Marcus", sagte er ruhig und akzentuiert. „Sie hat dir viel bedeutet. Aber vielleicht solltest du damit beginnen, dich etwas zu distanzieren. Das tut dir nicht gut, großer Häuptling."

„Verdammte Scheiße!" Renner schmiss sein Glas im hohen Bogen nach vorne an den Strand. Sein Gesicht hatte eine dunkle Farbe angenommen und er fühlte seinen Puls steigen. Wortlos vergrub er sein Gesicht in seinen Händen und spürte die Verzweiflung wie eine Wand auf sich zurasen. Langsam richtete er sich wieder auf und fuhr angespannt mit den Fingern durch sein kurzes Haar.

Der Barbesitzer Frangelico tauchte auf, sammelte die Glasscherben ein – und stellte wortlos einen Plastikbecher mit Eiskaffee vor ihm ab. Renner öffnete den Mund, um etwas Entschuldigendes zu sagen, doch Frangelico legte nur kurz seine Hand auf seine Schulter, drückte sie sanft und klopfte auf seinen Oberarm. Er schluckte. „Eure verdammt mitfühlende mallorquinische Art macht mich noch zum Waschlappen." Er atmete tief ein und aus und versuchte sich zu beruhigen.

Luca lachte währenddessen schallend. „Nay. Das kannste vergessen, Kommissar Oberschlau. Eher lernen Schweine fliegen!"

„Oh, schön. Ein Spitzname von Inspektor Obelix."

„He. Das war 'n unerlaubter Tiefschlag!" Luca klopfte auf seinen Bauch.

„Okay, mein unerschrockener Gallier. Was haben wir?"

„In aller Kürze: Niemand hat etwas gesehen oder gehört. Wir sind jedes einzelne Haus abgegangen, aber niemand hat das ...", er stockte kurz, fuhr dann fort: „... Lucy gesehen."

Renner sagte ganz leise: „Das Opfer. Ist okay Luca, du hast ja Recht."

Luca fuhr fort: „Den einzigen, den wir noch nich'

angequatscht ham, ist der verrückte Aberran, der Straßenfeger. Der soll abends auf der Plaza gefegt haben. Aber das können wir uns eh schenken. Der ist durchgeknallt wie 'n Hippie auf LSD. Der ist nutzlos."

„Mir gefällt der Verwalter nicht. Irgendwas stimmt mit dem nicht. Der war völlig unkooperativ."

„Meinste Alfonso, dem du die Tür zu Schrott getreten hast?", fragte Luca trocken. „Der hat Anzeige wegen Sachbeschädigung gestellt."

„Der war vorher schon unkooperativ, sonst hätte ich mir nicht Zutritt verschaffen müssen."

Luca wirkte skeptisch: „Ich glaub' ja, der ist dir nur auf den Sack gegangen, Dirty Harry. Die Anzeige ist übrigens im Müll, Arturo ist vom Konsul genervt und will den nicht schon wieder an der Backe haben."

Renner schüttelte den Kopf. „Je länger ich über den Verwalter nachdenke, desto lauter klingeln die Alarmglocken in meinem Kopf."

Luca stand auf und klopfte Renner auf die Schulter. „Wenn du das Klingeln in der Birne loswerden willst: Ich hab' noch erstklassige Betäubungsmittel in dem Vorrat, den die Spießer Asservatenkammer nennen."

Renner sagte: „Ernsthaft Luca, prüft sein Alibi. Der ist nicht echt."

„Mach ich."

„Ich gehe solange selbst nochmal an die Türen der

Häuser am Tatort klopfen."

„Oh, dann wart' noch fünf Minuten auf der Plaza, ich schicke dir einen Kollegen, der dich begleitet. Mario ist fast mit allen Einwohnern befreundet, den mag einfach jeder. Ohne ihn spricht sonst womöglich niemand mit dir. Ich schwirr ab, muss die Schichtleitung bis heute Abend übernehmen." Renner erhob sich und machte sich auf den Weg zu seiner Enduro, die auf der Plaza parkte. Er beschloss, noch einmal zu Jessica zu fahren und sich für ihre Hilfe zu bedanken. Vorher würde er noch an ein paar Türen klopfen und seine Ermittlungen wieder aufnehmen, die von der Verfolgungsjagd so rüde unterbrochen wurden. Renner schaute sich auf der Plaza um, da kam auch schon ein Dienstwagen der Policia Local angefahren. Renner stieg zu und gemeinsam fuhren sie zum Tatort. Zum Schluss war er ausgesprochen dankbar für seinen freundlichen Begleiter Mario. Der konnte so ziemlich jeden in der Straße mit dem Vornamen ansprechen und führte die Verhöre durch eine endlose Aneinanderreihung von Kaffeeorgien. So langsam fühlte sich Renner, als wäre er bis unter die Haarspitzen mit Koffein vollgepumpt. Leider waren die Verhöre deutlich weniger ergiebig. Nur der Straßenfeger war am Tatabend in der Straße zu sehen gewesen, sonst hatte niemand Lucy oder jemand anderen bemerkt. Es wurmte ihn, dass die Ermittlungen nicht vorangingen. Sie gingen wieder zu Marios Dienstwagen. Auf dem Weg dorthin kam Renner eine Idee; er hielt den Beamten am Arm fest: „Entschuldige, Mario, können Sie noch kurz warten? Ich will kurz meinen alten Chef in Wiesbaden anrufen. Vielleicht kann der uns noch helfen."

Mario sagte: „Klar, kein Problem."

Er zog sein Handy heraus und wählte aus dem Gedächtnis die Durchwahl. Fünf Minuten später hatte er seinen alten Chef Mirko am Apparat.

Und bellte wie üblich „Eder!" ins Telefon.

„Ist der Pumuckl auch zu sprechen?"

„Herr im Himmel und ich dachte ich müsste diesen schlechten Witz nie wieder hören. Hallo Marc. Schön dich zu hören, auch wenn der Anlass nicht schön ist." Eder schwieg und sagte dann: „Es tut mir wirklich leid, Marc. Aus tiefstem Herzen." Sein Chef zögerte, dann fuhr er fort: „Und wenn ich jemand anderen hätte, den ich diesen Mist aufhalten könnte, hätte ich es getan. Aber deine ehemalige Abteilung ist ausgelastet."

„Wenn du glaubst, dass ich hier die Füße stillhalten könnte, täuschst du dich."

„Ich weiß. Aber eine Bitte, Marc: Behalte deine Wut im Griff. Ich kann den Konsul nicht wöchentlich nach Cala Pi schicken lassen, um deinen Bockmist auszubügeln. "

Renner überging die Bitte und fragte: „Mirko, kannst du überprüfen was Lucy Körner in Deutschland für ein Geschäft betrieb – ich finde im Netz nichts." „Ist längst geschehen. Sie hat eine Kette mit Modeschmuck-Boutiquen.

„Das wusste ich nicht. Ist das viel wert?"

„Rund zwei Millionen Euro."

Renner pfiff durch die Zähne. „Wer erbt das?"

„Eine Frau namens Jessica Kovac, ihre langjährige Geschäftspartnerin."

Renner bedankte sich bei Eder und steckte mit grimmiger Miene das Handy weg. Da wird Jessica einiges zu erklären haben, dachte er bei sich. „Mario, lassen Sie uns noch mal zum Club fahren. So wie es aussieht, hätte Frau Kovac ein Motiv. Wir sollten sie auf s Revier bringen." Zwei Minuten später stand fest, dass Jessica heute nichts mehr erklären würde. Renner und sein Mario standen vor geschlossenen Türen. Sie gingen zur Wohnung des Verwalters und klopften an die Holztür. Als die Tür aufschwang, machte Alfonso bei Renners Anblick einen entsetzten Schritt zurück. Der grinste nur wölfisch und fragte: „Wissen Sie, wo Frau Kovac ist?"

„Ääh ... Nein, die ist vorhin mit einem Mietwagen weggefahren." Der Verwalter hob blitzschnell die

Hände und stieß heraus: „Mehr weiß ich wirklich nicht." Mario hob nur eine Augenbraue, schaute zu Renner herüber und zuckte mit den Achseln: „Gehen wir, hier kommen wir nicht weiter." Der Angesprochene nickte nur und folgte ihm zum Dienstwagen. „Mario, wissen Sie was? Mittlerweile ist es fast 12 Uhr. Funken Sie doch Luca an, ich lade euch alle zum Essen ein." Im Rückspiegel sah der deutsche Ermittler, wie der Verwalter eine große Gasflasche von der Veranda schleppte und damit aus seinem Blickfeld verschwand. Renner grübelte. Irgendetwas störte ihn an dem Kerl immer noch gewaltig. Was wollte der mit dem Gas? Er zog sein Smartphone raus und googelte nach der Aufschrift der anderen Flaschen. Frisin, ein Begasungsmittel für Lebensmittelvorräte. Vernichtet Ungeziefer. Achselzuckend steckte er das Gerät weg, anscheinend gab's hier ein Insektenproblem. Sie stiegen ein und fuhren los.

Der alte Mann trat in den noch älteren Raum. Mit höchster Sorgfalt trug er einen verzinkten Eimer herein, der bis zu zwei Dritteln mit einer roten Flüssigkeit gefüllt war. Er stand verloren in der Mitte des Raumes und schaute suchend hin und her. Eine Stimme hallte wispernd durch den Raum: „Streich die Wände!"

„Ja, Herr, sofort. Ihr werdet ganz zufrieden sein, oh ja." In dienstbeflissenem Tonfall fuhr er fort. „Es wird ganz bestimmt ausreichen, oh ja, Herr."

„Streich die Wände!", wisperte es wieder.

Der alte Mann begann mit seiner Arbeit. Zuerst tauchte er seinen Pinsel in die rote Flüssigkeit, streifte ihn konzentriert ab und strich schließlich die ersten Zentimeter der ersten Wand.

Die Stimme tönte plötzlich wütend durch den Raum: „Er kommt. Er kommt. Er kommt. Er kommt." Der alte Mann wurde bleich und rannte zur Tür und warf sie zu. Er legte einen Eisenriegel vor. Streute aus einem Säckchen neben der Tür Salz auf die Türschwelle. Etwas donnerte mit unvorstellbarer Kraft gegen die Tür, ein Lichtschimmer drang unter der Tür durch und kleine Rauchschwaden krochen über die Türschwelle, um zischend vom Salz zurückzuweichen.

Dröhnende Schläge brachten die Tür zum Beben. Der alte Mann wimmerte, nahm seinen Zinkeimer und eilte in die entlegenste Zimmerecke. Dort kauerte sich hin, nahm den Eimer zwischen seine verschränkten Arme und klammerte sich daran fest. Irgendetwas kratzte um die Wände herum, klopfte an jeden Stein, als ob es eine Schwachstelle suchen würde, durch die es eindringen konnte. Doch die Fenster waren zugemauert. Keine Ritze ließ auch nur den kleinsten Lichtstrahl herein. Geschweige denn etwas anderes.

„Ersollweggehen, Ersollweggehen, Ersollweggehen, Ersollweggehen ...", kreischte die Stimme in schrillen Tönen.

„Herr, ich kann ihn nicht verjagen. Oh nein, Herr, ich kann es nicht."

Die Stimme jaulte auf, dann schwieg sie. Stille breitete sich aus, der Mann schaute zur Tür und sah, dass die Sonne am Himmel stand. „Seht doch, oh Herr. Seht nur! Er ist fort, die Sonne ist da und hat ihn vertrieben. Oh, ja, er ist fort. Fort, fort, fort." Der alte Mann hüpfte vor Freude auf und ab, wie ein kleines Kind, das sich über ein Geschenk freute und klatschte in die Hände. Dann wurde ihm bewusst, dass die Stimme nicht mehr sprechen würde, jetzt wo die Sonne aufgegangen war. Und er machte sich mit seinem roten Pinsel gewissenhaft, aber zügig daran, sein Werk zu vollenden. Er musste schnell fertig werden, bevor er zur Arbeit ging.

Renner stand im großzügig geschnittenen Nebenzimmer am Kopfende des rustikalen, hellen Holztisches und schaute strahlend auf Luca, Mario und Maria herunter. Er genoss es, den Gastgeber für seine Bekannten zu geben. Bisher hatte Renner noch keine Stammgäste identifizieren können und aufgrund seiner ständigen Abwesenheit hatten vermutlich sowieso seine Kellnerinnen eine bessere Beziehung zu den Gästen aufgebaut. Dabei war genau dieses Gefühl, andere Menschen zu bewirten, den Alltag vergessen zu lassen, der Antrieb für seine Entscheidung gewesen, Gastronom zu werden. Er hatte in seiner Laufbahn genug getan, um die Welt zu verbessern. Jetzt sollte es um die kleinen Dinge gehen, die den Alltag schöner machen. Umso mehr freute er sich, endlich mal jemanden hier zu haben, zu dem er eine persönliche Beziehung hatte. „Was darf ich euch bringen? Empfehlen kann ich euch mein Lieblingsbier Cerveza Nau." Hinter ihm brachte Sonia auf einem Tablett eine Runde Palo als Aperitiv, einen süßlichen Likör aus gebranntem Zucker mit ein wenig Chinin und gekochten Orangen- und Zitronenschalen. Während seine Bedienung die winzigen Gläser vor jedem abstellte, kam Santos schon aus der Küche und trug die Vorspeisen auf. Bald war auf dem Tisch kaum Platz vor lauter Greixoneras, den typisch mallorquinischen Tontöpfen. Darin befanden sich Tumbet, ein mallorquinisches Ratatouille mit geschmortem Paprika, Kartoffeln, Zwiebeln, Auberginen und jeder Menge Knoblauch; dazu Schnecken mit Sobrasada, einer Paprikamettwurst, und Aioli sowie einige gefüllte Auberginen.

„Nau?", sagte Luca. „Noch nie gehört."

„Eine deutsche Hausbrauerei hier auf Mallorca, für mich das beste Bier auf der Insel."

„Gut, ich nehme das. Auch wenn ich fast etwas beleidigt bin, dass du unser Bier ignorierst und auf deutsche Braumeister zurückgreifst." Renner lachte und schaute zu Mario, der zwei Finger hochhob, um sich seinem Chef anzuschließen. Maria bestellte einen Orangensaft, als Renner ihr berichtete, dass er die frischen Orangen am Tresen aus einem der Anbaugebiete auf Mallorca geliefert bekam und dann auf Eis legte. „Gute Wahl, der frische Orangensaft ist wirklich ein besonderer Genuss. Eine herrliche Farbe, leicht dickflüssig und sehr süß und fruchtig-aromatisch".

„Wie sieht's mit dem Essen aus?"

Luca zögerte und deutete auf die Speisekarte:

„Wenn's dir nichts ausmacht, hätte ich gerne ein echtes Wiener Schnitzel." Mario und Maria schlossen sich der Bestellung an.

„Das verblüfft mich jetzt, aber sehr gerne. Dann hat Santos weniger Arbeit, die deutschen Gerichte mache ich für euch."

Renner verschwand in die Küche, während sich alle über die Vorspeisen hermachten. Dort zog er sich als Erstes eine Schürze über sein weißes Hemd. Dann schwenkte er auf dem Gasherd eine Mischung aus Gänseschmalz und Olivenöl und schlug das Fett schaumig. Neben ihm klopfte Santos, der sich nicht vertreiben ließ, Kalbfleisch auf knapp vier Millimeter Durchmesser herunter. Renner nahm ihm das fertige Fleisch ab, würzte es mit Paprika, Pfeffer und Salz, zog es ohne anzudrücken erst durch Mehl, dann durch Ei und Panade. Schließlich wanderten die Schnitzel in die Pfannen und wurden durch das Öl geschwenkt, damit die Panade schön locker und luftig wurde. Santos richtete Teller auf der Anrichte an und legte einen ordentlichen Löffel leicht erwärmten Kartoffelsalat darauf, angemacht mit Essig, Öl und einer ergiebigen mallorquinischen Fleischbrühe. Zum Abschluss eine Sardelle und eine Kaper auf jedes Schnitzel, dann ging es mit allen Tellern unter großem Hallo an den zukünftigen Stammtisch. In den ersten Minuten herrschten andächtiges Kauen und schmatzendes Schweigen. Santos setzte sich dazu und betrachtete neugierig sein Schnitzel.

„Jetzt sagen Sie bloß nicht, Sie haben das noch nie gegessen?", fragte Maria lachend.

„Bitte, nennt mich Santos, sonst komme ich mir älter vor, als ich sowieso schon bin. Und nein, bisher nicht. Der Chef hatte noch keine Zeit und Muße zum Kochen."

Renner bemerkte, dass Maria betroffen schwieg, weil ihr die Anspielung auf Lucy aufgefallen war und seufzte leise.

„Sorry Chef, ich wollte die Stimmung nicht verderben. Die Bemerkung war unbedacht."

„Alles gut, Santos. Im Prinzip wollten wir uns sowieso nach dem Essen mit dem Fall beschäftigen." Er steckte sich das letzte Stück Schnitzel in den Mund, und schaute sich um, ob alle mit dem Essen fertig waren. Als er sah, dass nur noch Santos etwas auf dem Teller hatte, stand er auf und begann abzuräumen. Wenige Augenblicke später kam er mit einem Flipchart wieder. Er begann vor dem Tisch auf und ab zu laufen. „Da wäre der Verwalter Alfonso, der eindeutig nicht astrein ist. Dann der Straßenkehrer, der in der Mordnacht in der Nähe des Tatortes war, aber nirgendwo aufzufinden ist." Er schrieb die Namen der beiden Verdächtigen auf die Tafel und fuhr fort, weitere Verdächtige und Zeugen aufzuzählen. „Außerdem Jessica Kovac, ihre Begleitung und Geschäftspartnerin in Lucys Modeboutique-Kette, wie ich mittlerweile weiß. Übrigens knapp zwei Millionen schwer, das Unternehmen."

Luca pfiff durch die Zähne. „Da hast du ja was ausgegraben, Kommissar Oberschlau. Wer bekommt jetzt das Geschäft? Jessica?"

Renner nickte und fuhr fort, alle über den derzeitigen Ermittlungsstand ins Bild zu setzen, den er aus Deutschland übermittelt bekommen hatte. „Mein Ex-Chef vom BKA müsste euch mittlerweile ein Dossier über die Kovac ins Revier geschickt haben." Luca checkte seine Mails auf seinem Smartphone und nickte bestätigend. Santos kaute noch begeistert auf seinem letzten Stück Schnitzel und lauschte dementsprechend stumm, Mario lehnte sich zurück und hörte ebenfalls zu.

„Wir haben einen Tatort, einen Fundort und ein seltsames Zeichen auf der Leiche." Renner malte das dreieckige Symbol auf das Flipchart. In der selben Sekunde spuckte Maria im hohen Bogen ihren Orangensaft aus und fing an zu husten. „Moc ... te ... zuma!"

„Gesundheit!", kam es trocken von Renner.

„Nein, verdammt." Sie hustete noch ein letztes Mal, dann richtete sie sich wieder auf. „Das ist das Symbol Moctezumas." Maria ging nach vorne und malte das Symbol etwas deutlicher nach. „Die Azteken hatten keine Porträtdarstellungen wie wir heute, die Figuren und Herrscher sahen mehr oder weniger identisch aus. Deshalb malten die aztekischen Künstler Glyphen unter ihre Bildnisse, um zu beschreiben, wer auf einem Bild dargestellt wurde. Und das da ...", sie tippte mit dem Zeigefinger auf das Symbol. „... ist Moctezumas Glyphe."

Luca stöhnte auf, Renner starrte sie an. „Sind Sie da sicher?" Im selben Moment fiel ihm ein, dass er die Antwort kannte. Das Symbol hatte er auf der Figur in Marias Museum gesehen.

„Natürlich. Und damit ist auch klar, wer der Mörder ist. Der Konquistador geht wieder um. Der Azteken-Prinz kann ihn nicht mehr bändigen."

„Maria ...", sagte Luca warnend.

„Was denn? Die Verbindung ist doch eindeutig. Du kennst die Legende ebenso wie ich."

„Entschuldigen Sie, Maria, der Mörder ist ganz sicher kein Geist ...", wandte Renner ein.

„Nein, das ist der Handlanger des Geistes. Geister können Sterblichen keinen Schaden zufügen."

Er stockte kurz, weil Lucas Schwester ihn aus dem

Konzept brachte. „Aber Ihr Hinweis ist trotzdem wertvoll. Es könnte sich um jemanden handeln, der einen Bezug zu der Geschichte hat. Oder an entsprechenden Wahnvorstellungen leidet."

Maria schnaubte, schwieg aber.

„War in letzter Zeit jemand in Ihrem Museum, der sich verdächtig verhalten hat?"

„Ja, ein närrischer Deutscher."

„Maria!", sagte Luca aufgebracht.

„Nein, genau genommen war seit Ihrem Besuch niemand da und zuvor war es auch sehr ruhig. Nur ein, zwei früh angereiste Touristen. Und Santos war einmal vor einigen Wochen da."

Der Koch kratzte sich verlegen am Kopf. „Ich bin ja neu zugezogen und war neugierig, was Azteken in Cala Pi zu suchen haben."

„Ging mir ähnlich.", brummte Renner. „Haben Sie noch irgendwelche Informationen zu den Touristen, Maria?"

„Ja, tatsächlich. Beide Männer haben das Ticket mit Kreditkarte bezahlt."

„Hatte einer auffallend viel Interesse gezeigt?"

Lucas Schwester überlegte. „Ja, der eine Mann hat fast den ganzen Vormittag im Ausstellungsraum verbracht und danach fast mein komplettes Angebot an Souvenirs gekauft – samt meiner selbstverfassten

Chronik. Ein älterer Mann, dunkelbraune Haare, schwarze Augen. Sehr buschige Augenbrauen. Deutlich kleiner als Kommissar Oberschlau hier." Sie deutete auf ihn und fuhr fort. „Er erzählte, er würde in dieser Saison nachmittags und abends als Masseur im Club arbeiten."

Renner sah Luca an und meinte: „Das ist immerhin eine Spur. Sollten wir verfolgen." Luca nickte nur.

Santos stand auf und verabschiedete sich von der Runde; Renner hielt ihn kurz am Arm fest.

„Schaffst du das Restaurant heute noch einmal alleine? Dann gehe ich mit aufs Revier, dann kann ich mich dem Comisario aufdrängen. Der würde mich am liebsten irgendwo auf ein Abstellgleis schieben. Und ich will dranbleiben."

Der gutmütige Koch nickte. „Sonia und ich sind mittlerweile ein eingespieltes Team. Verschwinde schon."

Renner, Luca und Mario fuhren gemeinsam durch die Straßen der kleinen Ortschaft bis zum Revier. Renner stieg aus, streckte seinen langen Körper von der Fahrt im Kleinwagen. Die Sonne brannte ihm ins Gesicht, er schirmte seine Augen ab und genoss den Blick auf den wolkenlosen Himmel. Es war windstill und ruhig auf dem Parkplatz. Doch damit war es vorbei, als die drei Ermittler das Revier betraten.

Renner war genervt. Sie waren bisher nicht dazu gekommen, zu Comisario Arturo durchzudringen. Luca Péron redete beruhigend auf einen Mann und eine Frau ein, die vor ihm saßen. Der Mann, ein braunhaariger Mittfünfziger, Renner tippte auf Hochschullehrer oder Beamter in irgendeiner trockenen Position, schien versuchsweise rational zu argumentieren – wohingegen die Frau nur schluchzte und hysterisch stammelte. Luca schenkte ein Glas Wasser ein, ging an dem plappernden Mann vorbei und kniete sich vor die Frau. Er reichte ihr das Wasser und sagte in beruhigendem Tonfall: „Wir suchen Jacky, Frau Pickler. Das wird sich sicher als harmlos herausstellen. Vielleicht hat ihre Tochter den letzten Bus aus Palma verpasst und der Handyakku ist leer." Renner dachte, das Mädchen könne auch jeden Moment im Bett irgendeines Bengels aufwachen, der zu dumm war, sie rechtzeitig zu ihren Eltern zurückzubringen. Renner sah Mario im Zimmer nebenan stehen, er redete mit dem Ehepaar, das die Eltern auf das Revier begleitet hatte. Der Deutsche lehnte abseits an einem Schreibtisch und wartete ungeduldig darauf, dass die Aufregung sich langsam legte. Er hatte beschlossen abzuwarten, bis das Theater mit der Vermisstenmeldung vorbei war, dann würde er dem Comisario über die neuesten Entwicklungen und über seine Beteiligung an dem Fall reden. Aber so langsam verlor er die gute Laune, die er sich mühsam aus der Bewirtung seiner Freunde herübergerettet hatte – er registrierte nebenbei, dass er begann, Luca und Maria als Freunde zu betrachten. Je länger das Theater um das verschwundene Mädchen in dem Revier anhielt, umso ungehaltener wurde der Deutsche.

Comisario Arturo wischte sich nebenan den Schweiß von der Stirn, als er die Eltern dem örtlichen Seelsorger zur Betreuung übergeben hatte. Glücklicherweise war der katholische Pfarrer ein einfühlsamer und offener Mann, der nicht viel von Rivalität zwischen den Konfessionen hielt. Die Eltern waren evangelisch. „Bitte kein toter Teenager. Alles nur das nicht!", sagte Arturo.

Luca schaute erschrocken von dem Formular für die Vermisstenanzeige auf. „Wieso denkst du, dass das mehr ist, als der übliche Kram bei vermissten Teenagern?"

„Ich weiß es nicht. Ein ungutes Gefühl. Sobald die Presse davon Wind bekommt, ist der Teufel los." Der Comisario griff zum Telefonhörer.

„Was hast du vor?"

„Ich fordere bei der Guardia Civil Unterstützung an, die sollen aus ihrer Kaserne in Llucmayor Einheiten schicken, die durch den Ort patrouillieren und den Strand sichern. Wenn die Presse hier einfällt, muss es hier aussehen wie in Fort Knox."

Renner hörte Luca unglücklich seufzen, der Gedanke an schwer bewaffnete Einheiten schien seinem Kollegen nicht zu gefallen. Er konnte fast Lucas Gedanken rasen hören, er schien zu überlegen, wie er Arturo davon abbringen konnte, das beschauliche Cala Pi in ein Waffenlager zu verwandeln. Plötzlich versetzte etwas Luca in Aufregung. Er begann Renner durch die offene Tür hindurch hektisch zuzuwinken.

„Hey Arturo. Vergiss das! Du solltest besser nach der UEI fragen."

„Was soll denn die Eingreiftruppe hier?"

„Unseren Mörder festnehmen. Das glaubste nicht. Alfonso ist nicht Alfonso. Sondern Esteban de la Veracruz. Ein Handlanger des Drogenkartells der Urabeños aus Kolumbien."

Renner kam durch die Tür und zog eine Augenbraue hoch. Luca rief ihm zu: „Es sieht so aus, als hätten wir Lucys Mörder!" Er deutete auf seinen Bildschirm.

Der Comisaro stieß derweil einen Schrei der Begeisterung aus, griff zum Telefon und wählte die

Telefonnummer der Guardia Civil. Luca stand auf und schaute kurz in den Aufenthaltsraum, um Beamte aus der Pause aufzuscheuchen. Renner sank auf den leeren Bürostuhl und atmete tief durch. Dann begann er die Mail zu lesen und grübelte. Irgendetwas störte ihn.

Die Eltern saßen in einem Büro und Padré Martinez sprach mit ruhiger Stimme auf sie ein. Als Luca aus dem Büro gestürzt kam, kamen die Eltern hektisch aus dem Zimmer und wollten wissen, ob ihre Tochter aufgetaucht sei. Luca wiegelte ab und bat die Eltern, nach Hause zu gehen. „Wir melden uns, sobald wir etwas Neues wissen." Dann lief er in den Bereitschaftsraum, in dem sich mittlerweile alle versammelt hatten und begann, den Ermittlungsstand zusammenzufassen.

„Wir haben einen Hauptverdächtigen für den Mord an Lucy Körner. Haltet euch fest, es ist Alfonso, der Verwalter vom Club Cala Pi Superiour. Ich habe routinemäßig sein Alibi durch die Kollegen in Palma prüfen lassen. Die Schwester dachte, die Guardia Civil wolle sie ausheben, als die vor der Tür standen. Es gab' eine Schießerei und die angebliche Schwester liegt jetzt mit 'ner Bleivergiftung im Krankenhaus. In der Wohnung wurde dann jede Menge Dope und Koks gefunden."

„Und was hat das mit Alfonso zu tun?", fragte einer

der Beamten.

Luca klärte seine Kollegen über dessen wahre Identität auf und fügte hinzu: „Esteban alias Alfonso scheint für die Produktion und Verteilung der Drogen zuständig zu sein."

„Und wie bringt ihn das mit dem Mord in Verbindung?"

„Als erstes ist sein Alibi in der Tatnacht damit geplatzt, seine Komplizin ist wohl kaum glaubwürdig. Dann hat er während der Befragung durch unseren deutschen Kollegen Renner extrem abweisend und verschlossen reagiert." Verhaltenes Gelächter, die Story mit der eingetretenen Tür hatte sich herumgesprochen.

„Im Moment ist das nur eine Hypothese, aber es wäre möglich, dass Lucy Körner irgendwie über die Drogenproduktion gestolpert ist. Und dann ist die Situation eskaliert."

Zustimmendes Gemurmel aus den Reihen der Polizisten folgte dieser Schlussfolgerung.

„Was 'n mit der Touri-Göre?", fragte jemand aus der hintersten Reihe.

„Du solltest mal an deiner Einstellung arbeiten!", knurrte Luca ihn an. „Zu der vermissten Person haben wir noch keine Informationen. Wir hoffen, es gibt keine Verbindung. Vermutlich taucht das Mädchen von alleine wieder auf. Ihr macht euch jetzt auf den Weg und sperrt die Gegend um den Club weiträumig ab. Die Eingreiftruppe von der UEI kommt in einer Stunde aus Llucmayor und nimmt Alfonso alias Esteban hoch." Renner winkte Luca unauffällig zu und zog ihn in ein Nebenzimmer. „Pass auf Luca, das ist großer Mist. Dieser Alfonso hier ist nicht der Mörder. Wir verschwenden unsere Zeit."

„Wie meinste das? Er ist nicht unser Mörder? Aber die Fakten ..." Der Dorfpolizist fiel sichtlich aus allen Wolken. Renner ging um den Schreibtisch herum und hielt ihm einen Notizblock unter die Nase. „Ich habe damit begonnen, ein Profil zu erstellen." Er seufzte, denn er wusste, dass er das mit Absicht aufgeschoben hatte. Profile zu erstellen, katapultierte ihn endgültig in alte Zeiten zurück, und dort wollte er auf keinen Fall wieder hin. Eigentlich hatte er gehofft, mit altmodischer Polizeiarbeit voranzukommen. Aber anscheinend war das jetzt keine Option mehr. Comisario Arturo würde sich auf den Drogenhändler als Mörder versteifen, das könnte die ganzen Ermittlungen gefährden. Er holte tief Luft, und erklärte Luca die ersten Details des Profils: „Der Mörder von Lucy hatte eine Mission. Die Leiche wurde deutlich sichtbar an einem öffentlichen Ort platziert, sie sollte schnell gefunden werden. Sie weist extrem brutale Verletzungen auf und enthielt kein Blut mehr.

Entweder verwendet er es weiter oder behält es als Trophäe. Die extremen Verletzungen weisen auf Sadismus hin. Dann ist da noch dieses Azteken-Symbol auf der Leiche. Ich kann nicht ausschließen, dass sich jemand für den Azteken hält und den Mord an dem Konquistador nachstellt."

Luca setzte sich mit bleichem Gesicht. Er murmelte: „Wenn, dann hält sich jemand für den Konquistador. Der ist der Mörder in der Geschichte, der Azteke ist das Opfer."

„Das ist auch gut möglich. Der Mann überwältigte das Opfer anscheinend alleine auf einer abgelegenen Straße. Er muss kräftig sein, zwischen 20 und 55 Jahren alt, noch im Vollbesitz seiner Kräfte. Sonst hätte der Mörder Lucy nicht wegschaffen können. Außerdem ..." Renner erstarrte mitten im Satz. „Verdammt! Jetzt weiß ich, was mich stört." Er stürzte zur Tür. Sein Freund Luca starrte ihm verwirrt hinterher.

Im Bereitschaftsraum wurden währenddessen Stühle gerückt, Uniformjacken geschlossen und Koppeln mit Waffen und Handschellen umgeschnallt. Dann verließ die Besatzung der örtlichen Policia-Local-Station das Gebäude.

„Comisario!", brüllte Renner und erwischte den irritierten Mann gerade noch am Ausgang. Luca kam keuchend hinterher. „Comisario, Sie müssen die

Eingreiftruppe warnen. Sofort!"

„Renner, was wollen Sie denn jetzt? Wir haben alles im Griff. Gehen Sie heim, sich ausschlafen."

„Herrgott, Sie Narr! Das Zielobjekt ist voller Gas."

„Wie bitte?"

„Dieser Drogendealer, Alfonso oder Esteban. Der baut bei sich auf dem Club Marihuana an, im großen Stil.

„Und? Nichts Neues!"

„Auf dem Grundstück sind aber keine Pflanzen zu sehen."

„Natürlich nicht, der baut die ja nicht in seiner Ferienanlage an."

Renner war kurz davor den Beamten am Kragen zu packen und seine Ignoranz aus ihm herauszuschütteln. „Die Pflanzen versteckt er in der alten Fabrik am Rande des Geländes. Die Ernte wird nicht jede Woche abgeholt, sondern in größeren Abständen. Erstens werden die Felder mit Kohlenstoffdioxid begast und zweitens nutzt er hoch entzündlichen Phosphorwasserstoff für die Schädlingsvernichtung. Dort stehen überall Gasflaschen herum. Und die Räume sind voller Gas. Verstehen Sie?" Arturo verstand endlich und griff mit bleichem Gesicht panisch nach seinem Mobiltelefon „Hier Comisario Arturo Miller, mein UEI-Ermächtigungscode lautet

Blau-Sechs-Sechs-Null-Zulu. Geben Sie mir den UEI-Kommandanten der Operation." Er begann zu brüllen: „Das ist mir egal, schalten sie mich zum Hubschrauber durch. Sonst regeln sie morgen den verdammten Verkehr." Kurz darauf veränderte sich der verzweifelte Gesichtsausdruck Arturos. Er sprach eindringlich ins Telefon, dann legte er auf. Und atmete auf. „Danke Renner, wir schulden Ihnen was. Ich hätte nicht an die Lagerung und den Schädlingsvernichter gedacht, ist schon etwas ungewöhnlich. Die Gasflaschen und die gasgesättigte Luft in den Scheunen wäre uns beim ersten Schuss um die Ohren geflogen. Und wenn nicht, dann wären die UEI-Einheit entweder mit Phosphorwasserstoff vergiftet worden, oder es wären einzelne Männer wegen dem Kohlenstoffdioxid umgekippt."

„Nichts zu danken. Ich hätte früher darauf kommen können. Ich bin mehrfach förmlich über die Gasflaschen gestolpert."

„Sie müssen hier warten, das verstehen Sie doch? Sie können als Zivilist nicht an einem Einsatz einer Spezialeinheit teilnehmen. Aber sie dürfen später dem Verhör beiwohnen", sagte Arturo gönnerhaft. Er schaute zu Luca herüber.

Renner zuckte mit den Achseln und verkniff sich jede weitere Bemerkung. Aber er signalisierte unauffällig Luca, er solle auch bleiben.

„Ich halte hier die Stellung, sonst ist das Revier unbesetzt", sagte er mit möglichst unbeteiligtem Gesicht. Arturo, der wusste, dass Luca eine Abneigung gegen Kommandoeinsätze hatte, schöpfte keinen Verdacht, legte nur wortkarg zwei Finger an die Mütze und stürmte nach draußen. Bis auf Luca und Renner war die Polizeistation jetzt völlig verwaist.

„Die Motivation passt hier nicht zusammen", führte Renner seine Ausführungen fort, während er Luca zurück an seinen Platz führte. „Wäre Lucys Leiche irgendwo versteckt worden, das hätte Sinn ergeben. Zeugen unauffällig beiseite schaffen, das ist die Methode von Drogenhändlern."

Luca begriff und sagte: „So auffällig, wie Lucys Tod zelebriert wurde, wäre das viel zu viel Aufmerksamkeit für einen Drogendealer."

Renner ging an die Tafel und schrieb Namen auf, zuerst Alfonso, dann Jessica Kovac, dann „Masseur" und zum Schluss schrieb er das Wort Straßenkehrer an die Tafel. Und malte wild einen Kreis um das Wort. „Ich werde das Gefühl nicht los, dass der Schlüssel zu dem Fall bei dem alten Mann liegt." Luca konnte sich ein Grinsen nicht verkneifen: „Entschuldige, aber jetzt fängste nicht wieder mit Aberran an. Der alte Spinner is' wirklich völlig harmlos."

„Das sind immer die Schlimmsten. Aber ich meine auch eher, die Tatsache, dass er verschwunden ist."

„Wie meinste?"

„Na, hast du den alten Mann seit dem Mord noch mal gesehen? Der putzt doch hier jeden Tag die Bürgersteige, buchstäblich zwölf Stunden am Tag. Seit zwei Tagen sehe ich den nirgendwo mehr, du etwa?"

„Ähm, nee", sagte Luca zögernd. „Das is' aber doch kein Grund. Vielleicht hat er ja Urlaub, der alte Spinner."

„Ausgerechnet nach dem Mord? Wo er beim Tatort gesehen wurde? Ich glaube, wir sollten den Mann suchen gehen. Dann gibt es Antworten. Mein Instinkt sagt mir, dass der irgendwas gesehen hat."

Luca zuckte mit den Achseln. „Dann gehen wir halt rüber zu ihm. Und donnern mal gegen die Tür der Casa Wahnsinn. Ich weiß, wo er wohnt. Danach können wir zu dem Masseur in den Club fahren." Gerade als beide die Treppe zur Straße hinuntergehen wollten, kam ihnen eine Meute Teenager entgegen. Luca fuchtelte abwehrend mit den Armen herum. „Diebstahlsmeldungen können heute nicht mehr angenommen werden."

Zuerst redeten alle durcheinander, dann ergriff ein großes, blondes Mädchen mit einer eckigen Brille das Wort „Wir wollen nichts als gestohlen melden. Sondern eine Aussage zum Verschwinden von Jacky Pickler machen!"

„Kannst du warten?", fragte Luca entschuldigend. Renner stöhnte, hatte aber Verständnis für die Lage des Dorfpolizisten. Ein entlaufener Teenager konnte sich schnell zum Drama entwickeln. Sie drehten um und gingen die Stufen wieder hinauf. Das blonde Mädchen schien die Rolle der Wortführerin zu spielen, was nicht die schlechteste Sache war, denn sie schilderte den Abend der Freundinnen sehr präzise. Schließlich, nach der ausufernden und mehrfach von Luca ausgebremsten Schilderung ihres Nachtlebens, wurde es interessant: „Jacky fuhr total ab auf den coolen, schwarzhaarigen Mallorquiner! Der hatte total geile Bauchmuskeln und ein echt süßes Lächeln. Als wir über die Plaza nach Hause gingen, stieg sie zu ihm ins Auto."

Luca horchte auf, das klang nach einer Spur: „Okay, was für ein Auto war das?"

„Ein schwarzer Ford Focus."

„Wie bitte?", rief Renner dazwischen. Das konnte kein Zufall sein. „Habt ihr das Nummernschild notiert?" Stolz überreichte ein kleines, rothaariges Mädchen mit vielen Sommersprossen einen Zettel mit einem lokalen Kfz-Kennzeichen darauf. „Ich mach hier weiter, Luca bitte check das Kennzeichen." Während

Renner weitersprach, setzte sich Luca an den Computer. „Wisst ihr, wie der coole Typ heißt?"

Das Mädchen schüttelte den Kopf. „Aber der Junge hat sich noch eine ganze Weile mit dem Straßenkehrer unterhalten. Sah so aus, als würden die sich kennen. Der weiß bestimmt, wer der Schwarzhaarige ist!"

Renner schnippte mit den Fingern. „Schon wieder der Straßenkehrer."

„Der Wagen ist geklaut, gehört einem deutschen Zahnarzt, der hier ein Ferienhaus besitzt", meldete Luca in diesem Augenblick.

„Gute Wahl, der Verlust fällt erst auf, wenn der Zahnarzt wieder auf Mallorca ist."

Luca wandte sich an Esmeralda, die Empfangsdame. „Esme, sei so gut und bestell den Polizei-Zeichner aus Palma hierher. Wir brauchen ein Bild für die Fahndung."

„Wie wäre es stattdessen mit Frangelico von der Strandbar? Der malt doch tolle Porträts am Strand? Der ist viel schneller hier, als der Polizeizeichner aus Palma!" Die ältere Dame schaute mit ihren dunklen Knopfaugen über ihre Hornbrille und wartete mit dem Telefonhörer am Ohr auf eine Antwort.

Luca ging an den Empfang, beugte sich darüber und drückte der verdutzten Sekretärin einen Kuss auf die Stirn. „Großartige Idee, ruf aber bitte beide an, Esme!"

Renner packte Luca am Arm und zog ihn zum Ausgang.

„Ist ja gut, Kommissar Oberschlau. Nur nicht die Geduld verlieren", sagte Luca stolpernd. Dann rief er über die Schulter „Wir gehen jetzt mal los und suchen den bekloppten Aberran. Der Zeichner soll sich an die Arbeit machen, schick dann eine Fahndung raus, Esme!" Die Empfangsdame sprach in den Hörer und winkte Luca zur Bestätigung zu.

Zum zweiten Mal an diesem Tag verließen Renner und sein Freund das Polizeirevier über die Vordertreppe. Sie marschierten durch die brennende Nachmittagshitze über den knallheißen Asphalt und stiegen ein. Luca steuerte das Auto zügig durch die kleine Ortschaft und fuhr hinaus zur Küste. An einem kleinen, hellen Haus mit einem typischen Flachdach hielt er an. „Bitte sehr, die Casa Wahnsinn. Hier haust Aberran." Einigen Palmen schwankten im sonst trockenen Garten leicht vor sich hin, als eine kleine Brise vom Meer herüberwehte. Auf dem Mäuerchen vor dem Garten saß ein Salamander und sonnte sich. Es war völlig still, kein Laut kam aus dem Haus und auch die Umgebung war völlig ruhig. Das einzige Geräusch war das leise Knacken von der abkühlenden Motorhaube. Renner streckte sich, als er aus dem Auto stieg. In diesem Moment fiel ein Schuss, ein peitschender Knall durchbrach die Stille und ein Querschläger surrte kreischend an Lucas Ohr vorbei.

Ein weißer Lieferwagen mit der blauen Aufschrift des lokalen Stromversorgers „Endesa" fuhr in die Ferienanlage. Zwei Männer in grauen Overalls stiegen aus, gingen von Tür zu Tür. Einzig die Wohnung des Verwalters und die großen Scheunen ließen die Männer aus. Es waren nur zwei junge Pärchen auf der Anlage, die aufgescheucht wurden und zügig die lange Treppe zum Strand hinunter verschwanden. Die beiden Männer nahmen Werkzeug-Kisten aus dem Auto und gingen auf die Wohnung des Verwalters zu. Der eine Mann stellte seine Kiste ab, zog ein Funkgerät heraus und sprach kurz hinein. Er lauschte, als ob er auf eine Bestätigung warten würde. Die Anlage war ruhig und verlassen. Nur eine Ziege meckerte von irgendwoher laut in die Stille hinein. Plötzlich zogen beide Männer Sturmhauben heraus, zogen sie über, streiften die Overalls ab und zwei Mitglieder der UEI standen in ihren Kampfanzügen auf der Veranda. Sie zogen seltsam aussehende halbautomatische Waffen aus ihren Werkzeugkisten, stöpselten Headsets ein und postierten sich neben der Tür. Einer von beiden schaute auf die Verriegelungsmechanik der Tür, sah, dass die Tür vor kurzem schon einmal eingetreten wurde und grinste. Dann hob er seine Faust hoch und reckte den Daumen empor. Jetzt ging alles sehr schnell. Aus den dicht bewachsenen Hügeln und zwischen den Aleppokiefern und Palmen der Anlage tauchten mehrere schwer bewaffnete Mitglieder der Eingreiftruppe auf. Alle bewaffnet mit CO_2-Gewehren für Gummigeschosse, für den Notfall hatte jeder noch eine scharf geladene SFP9-9-mm-Pistole von Heckler & Koch im Holster. Arturo hatte eine Walter-P99-Ram in der Hand, er mochte keine Schnellfeuerwaffen. Er stand am Rand und wartete auf das Handzeichen des UEI-Kommandanten. Als der Kommandant die Hand hob, traten die beiden Männer die Tür ein und rannten unter lauten Policia-Rufen ins Gebäude. Gleichzeitig stürmten die restlichen zwölf Männer in voller Atemschutzmontur die alte Fabrik am Rande der Anlage. Sechs Soldaten durch die Vordertür, sechs weitere durch die beiden hinteren Eingänge. Arturo setzte seine Maske auf und folgte dem Stoßtrupp. Direkt vor ihm brüllte der Soldat etwas, warf sich zu Boden. Arturo ließ sich ebenfalls fallen. Schüsse krachten und Kugeln schlugen in die Wände um ihn herum ein. Der oder die Drogenhändler hatten das Feuer eröffnet. Arturo robbte weiter vor, den Soldaten hinterher, die sich blitzartig aus dem Gang hinter der Tür zurückzogen. Der Mann vor ihm packte ihn am

Kragen und zog Arturo in ein Nebenzimmer. Weitere Schüsse prallten in den Gang. Der Mann zog eine Granate aus einer Tasche am Gürtel, bedeutete Arturo zurückzubleiben. Der Comisario hielt unwillkürlich die Luft an. Der Soldat entfernte den Sicherungssplint und warf die Reizgas-Granate in den Flur, wo sie weiter rollte und in das Büro gelangte, in dem der Verwalter sich augenscheinlich verschanzt hatte. Dann robbte der Soldat vorweg und schob sich vor das Zimmer, Arturo direkt hinter ihm, der zweite Soldat hinter Arturo. Der Comisario hatte auf einmal ein ungutes Gefühl, er ließ die P99 fallen, riss die SFP9 aus dem Holster. Da tauchte vor ihm eine Gestalt auf, die aussah wie ein Alien. Der Verwalter trug eine Gasmaske mit Gesichtsschutz! Und schoss dem Soldaten vor Arturo direkt in den Kopf. Arturo kamen die nächsten zwei Sekunden vor, wie in Zeitlupe. Seine Hand war schon auf dem Weg nach oben, die SFP9 zeigte mit dem Lauf noch auf den Soldaten. Der Verwalter riss die Waffe herum und bewegte den Lauf ebenfalls weg von dem getöteten UEI-Soldaten. Dabei warf er sich zu Boden. Arturo feuerte. Der Verwalter schoss eine Salve aus seiner Star Z84 ab, einer alten spanischen Militärwaffe. Traf nicht. Arturo traf. Seine Kugel schlug in die Schulter des Verwalters ein, der mit einem Aufschrei zu Boden schlug. Arturo sprang auf, hechtete in das Büro und prallte schmerzhaft auf dem Boden auf. Sein Kopf schlug gegen Gasflaschen, die vor dem Schreibtisch standen. Er behielt trotz des Aufschlages seine Waffe in der Hand. Eine weitere Kugel wurde abgefeuert und zischte an ihm vorbei. Er duckte sich. Esteban, der Verwalter, erhob sich und schwankte aus dem Büro, öffnete die Türe und wollte in die Halle hinaus, zum Hinterausgang. Die Tür schwang auf, Esteban stand gleich bewaffnet in der Halle. Eine Gefahr für alle Beamte, die durch die Hintereingänge kamen. Arturo stützte seine Schusshand mit der anderen ab. Brachte die Pistole in den Anschlag. Atmete einmal tief durch und drückte ab. Alfonso alias Esteban knickte das Bein weg, als Arturos Schuss sein Knie zerfetzte. Die Jagd war beendet.

Der Soldat im Gang gab durch sein Headset Entwarnung: „Hier Rot1: Ziel liegt am Boden, wiederhole: Ziel liegt am Boden. Sofort Sanitäter hier rein, Rot2 ist schwer verletzt oder tot. Wiederhole: Rot2 braucht sofort Sanitäter." Arturo ging zu dem Verwalter, zog zwei Kabelbinder aus seiner Uniform und band zuerst die Arterie im Bein ab, dann die Hände des Drogenhändlers auf den Rücken. Alfonso alias Esteban lag mit dem Gesicht auf dem Boden und wirkte, als würde er gleich ohnmächtig werden. „Der Drecksack braucht auch einen Sanitäter, wenn die mit

Rot2 fertig sind", knurrte der Comisario und ging durch den Gang nach draußen. Er nahm seine Maske ab, setzte sich unter einen Baum und lehnte sich mit dem Rücken an den Stamm. Seine Waffe sicherte er und lege sie behutsam neben sich ins Gras. Er versuchte seinen Atem wieder etwas ruhiger zu bekommen und spürte mit Widerwillen immer noch das Adrenalin durch seine Adern rauschen. Rot1 kam heraus, suchte seinen Blick und schüttelte verbittert den Kopf. „Rot2 hat es nicht geschafft." Er sah dabei zu, wie die Sanitäter erst den zugedeckten toten Soldaten wegtrugen, dann den Drogenhändler. Er spuckte aus, um den metallischen Geschmack wegzubekommen, der sich in seinem Mund ausbreitete. Er dachte: Eine Sekunde früher. Hätte ich doch eine Sekunde früher reagiert.

„Guter Schuss, Kollege", sagte der Kommandeur, zog seine Sturmmaske vom Gesicht und setzte sich neben ihn. Arturo blieb regungslos. „Ich weiß, was Sie denken", fuhr der namenlose Kommandeur fort. Sein vernarbtes Gesicht verzog sich. „Das ist der zweite Mann, den ich in meiner Laufbahn verloren habe. Ich frage mich noch heute, ob ich etwas hätte tun können." Ein Soldat kam im Laufschritt auf beide zu. Er salutierte und sagte: „Wir haben Marihuana-Gewächshäuser in der Fabrik und eine chemische Reinigungsanlage für Kokain gefunden. Die Lagerräume und die Gewächshäuser werden gerade entlüftet. In wenigen Minuten, können wir sie ohne Atemschutz betreten." Der Kommandant sprang auf und bot Arturo die Hand an: „Kommen Sie, schauen wir uns die Ausbeute an. Das heitert uns ein wenig auf." Der Comisario ließ sich hochziehen und steckte seine Waffe wieder ins Holster. Dann gingen sie hinein, um sich den Arbeitsplatz des Drogenhändlers anzuschauen. Als Arturo durch die Tür kam, fiel sein Blick auf die gleichmäßig angelegten Reihen der Beete mit Hanf-Pflanzen, darüber hängende Höhensonnen – und auf einen schwarzen Ford Focus. Arturo pfiff durch die Zähne. Gerade als er etwas sagen wollte, kam ein UEI-Mann wild gestikulierend auf die beiden zugelaufen. „Kommen sie mit, Kommandant. Das müssen sie sehen." Die drei Beamte durchquerten die Halle, der maskierte Soldat vorweg. Er öffnete eine Metalltür am Ende des Gebäudes und deutete in den Raum hinein. Arturo ging hinein und erstarrte direkt. Sein Atem bildete direkt eine weiße Wolke beim Ausatmen, so kalt war es in dem Raum. Sein Gesicht wurde bleich und der Atem ging schneller. Das Zimmer wäre weißgekachelt gewesen, wenn es nicht völlig blutverschmiert wäre. An der Decke hingen Fleischerhaken, hinter Tür hingen grobe

137

Arbeitsschürzen, die vor Blut nur so trieften. Unter den Edelstahltischen, die an allen vier Wänden zu sehen waren, standen Plastikkisten mit blutigen Fleischstücken und undefinierbaren, blutigen Abfällen.

Schüsse fielen. Luca duckte sich im Auto, während Renner sich zu Boden fallen ließ und weitere Schüsse knallten. Und dachte, dass er heute Morgen auch besser im Bett geblieben wäre. Hektisch winkend schrie Renner ihn an: „Komm da raus! Hinter den verdammten Motorblock." Er kniete hinter dem Vorderreifen und schien sich mit einem schnellen Blick über die Motorhaube einen Überblick über die Lage zu verschaffen. Die Straße war verwaist, der Garten des kleinen Hauses wild bewachsen mit Sträuchern und Kakteen. Genau in dem Moment, in dem Renner seine Nase über die Motorhaube strecken wollte, krachte wieder ein Schuss und eine Kugel schrammte kreischend über die Motorhaube. „Hahaaa! Verschwindet, ihr werdet ihn nicht bekommen. Nein, nein, nein", schrie eine krächzende Stimme aus dem Haus, dicht gefolgt von einem Hustenanfall.

„Wir sitzen hier wie auf dem Servierteller", schimpfte Luca.

„Präsentier..., ach vergiss es." Renner schaute sich verzweifelt nach einem Ausweg um.

„Aberran, du alter Narr. Was, um die Mutter Gottes Willen, machst du da?", brüllte Luca. „Willst du mich erschießen?" Luca fragte sich ernsthaft, wieso der alte Mann so ausflippte. Das Geballer hörte für eine Sekunde auf, Renner nutzte die Gelegenheit und robbte auf dem heißen Asphalt bis zum Gartenmäuerchen weiter und blieb mit eingezogenem Kopf liegen.

„Wo willste denn hin?"

„Rein!"

„Und dann? Mit Steinchen werfen?" Luca schaute um die Fahrzeugfront herum, holte aus und ließ seinen gesicherten 38er-Revolver zu Renner schlittern. „Wenn du jetzt mal bitte rumballern könntest. Dann kann ich mir meine Schrotflinte aus'm Kofferraum holen."

Renner schnappte sich seinen Star 30m, legte den Sicherungshebel auf der linken Seite herum und wartete auf sein Zeichen.

„Jetzt!"

Renner sprang aus dem Liegestütz in eine sitzende Position, stützte die Schusshand ab und schoss in schneller Folge Schüsse auf eines der Fenster. Die 9-mm-Automatik feuerte mit einem ohrenbetäubenden Krachen, die Glasscheibe zersprang. Ein Vorhang wehte aus dem Inneren des Zimmers. Die Luft stank nach Schießpulver und Rauch. Luca rannte in der Zwischenzeit zum Kofferraum, riss den Deckel auf, zerrte die Flinte aus ihrer Halterung und warf sich zurück auf seinen Platz neben der Motorhaube.

„Weißt du, ob das Haus einen Hintereingang hat?"

„Jedes dieser Häuser hat einen."

„Gut, dann bin ich jetzt dran. Ich gehe von hinten rein. Du beschäftigst den alten Spinner, bis ich drin bin." Als Antwort legte Luca seine Schrotflinte auf die Motorhaube und feuerte eine Salve in Richtung Haus.

Von drinnen ertönte wieder die Stimme des alten Straßenkehrers: „Ihr kriegt ihn nicht. Ihr kriegt ihn nicht. Er hat das sicher nicht gewollt." Aus dem Haus fielen erneut Schüsse, eine Kugel schlug in das Auto ein und blieb im Motor stecken. „Verdammt Aberran, wovon zum Teufel redest du? Wen kriegen wir nicht?"

„Nein, nein, nein. Ich gebe ihn euch nicht ..." Wieder fiel ein Schuss, ein paar Glasscherben fielen auf die Fensterbank.

„Mögen dich die Heiligen in die tiefste Hölle stecken. Du alter Irrer. Wir wollen nur mit dir reden." Langsam aber sicher begann sich Luca Sorgen zu machen, dass jemand in diesem Kugelhagel draufging.

Renner war zwischenzeitlich um das Gebäude herumgekommen, peilte kurz die Lage, kletterte über den niedrigen Gartenzaun und presste sich an die Hauswand. Er reckte den Daumen hoch und verschwand um die Ecke aus seinem Blickfeld.

Luca brüllte: „Aberran! Hör endlich auf zu feuern. Wir wollen nur reden mit dir."

„Mit mir? Nicht mit ihm?"

„Oh, Heiliger Turibius von Astorga, gib mir Kraft", murmelte Luca und brüllte dann: „Wer? Von wem redest du? Zum Teufel, wir wollen niemanden."

„Sie wissen nichts, sie kennen ihn nicht", hörte Luca den Straßenkehrer im Haus vor sich hinsagen. Es war auf einmal ganz still geworden. Auf der gegenüberliegenden Seite kamen Menschen auf die Straße, um zu schauen, was passiert war. Luca scheuchte sie hektisch winkend zurück in ihre Häuser.

„Aberran, hör jetzt auf mit dem Mist. Komm raus und lass uns reden."

Er konnte förmlich hören, wie der alte Mann nachdachte. Luca hoffte, dass Renner mittlerweile an der Hintertür war. Wenn er den alten Spinner noch etwas ablenken könnte, dann wäre ... In diesem Moment hörte er laut und deutlich ein schrilles Telefonklingeln hinter dem Haus ertönen – und Renner fluchen. Der alte Mann aus dem Haus schrie: „Das war ein Trick, ein Trick. Nein, ihr kriegt ihn nicht." Luca hörte den Mann aus dem Zimmer stürmen und eine Tür knallen. Er sprang auf und rannte, so schnell es sein behäbiger Körper zuließ, zur Haustür, rammte mit voller Wucht seinen Oberkörper gegen die Tür und stürzte in den Flur. Luca rappelte sich auf und rannte rechts ins erste Zimmer, in die Küche, wo er den

Hinterausgang vermutete. Dort bot sich ihm ein seltsames Bild. Renner stand am Küchentisch, telefonierte mit einer Hand und drückte mit der anderen Hand den alten Straßenkehrer auf die Tischplatte. Aberrans Arm hatte er dazu auf den Rücken gedreht. Ein Remington-Jagdgewehr lag weit draußen auf dem Rasen, anscheinend fortgeworfen.

„Du solltest mehr Sport treiben."

Luca stand schwer atmend in der Küche, stützte seine Hände auf seine Knie ab und warf ihm einen vernichtenden Blick zu. „Das ... nächste ... Mal ... lass ... ich ... dich sterben."

„Vermutlich bin ich bis dahin längst an Altersschwäche gestorben."

Er strafte Renner durch Nichtbeachtung und beschloss, sich umzusehen. Vielleicht fände er ja einen Hinweis darauf, was Aberran hier versteckte und wieso er so durchgedreht war.

Im oberen Stockwerk wurde er fündig. Das musste Renner sehen. Er sprintete bemüht sportlich die Treppen hinunter, stolperte auf der letzten Stufe fast und beschloss, den Unfug sein zu lassen. Er ging in die Küche, um seinen Freund Renner zu holen, und warf seine Handschellen auf den Tisch. Dann schaute er sich verdutzt um, denn die Küche war leer. Auf dem Boden lag ein Bündel dreckiger Frauenkleidung. Sonst nichts.

Luca schwante Übles, sein Polizisteninstinkt zählte eins und eins zusammen und kam im Ergebnis auf ein verfluchtes Schlamassel – da ertönten auch schon von draußen ein klatschendes Geräusch, ein dumpfer Schlag und ein gequälter Aufschrei. „Was hast du ihr angetan?" Renners Stimme drang von draußen durch die offene Hintertür in die Küche. Seltsam gepresst und bebend vor Zorn. Er rannte in den Hof und sah Renner über dem zusammengekrümmten alten Mann stehen. Luca rannte los.

„Nicht, Marc!", schrie er. Wenn er jetzt nichts unternahm, würde er den Mann womöglich umbringen. Er schaffte es, ihn zurückzureißen, schlang seine pummeligen Arme um ihn und hielt ihn fest. Trotz seiner Behäbigkeit verfügte Luca über jede Menge Kraft, zumindest genug, um den zwei Köpfe größeren Renner bremsen zu können. Er rang mit ihm und versuchte, ihn weiter zu bändigen.

„Er hat sie getötet!", schrie er und bäumte sich auf.

„Ich weiß, verdammt. Ich habe die Kleider gesehen." Luca musste sich konzentrieren, um alle Kraftreserven zu mobilisieren. „Reiß dich zusammen! Du bist kein Mörder, sondern Polizist. Verdammt!" Er spürte, wie Renner sich bei den Worten in seinen Armen versteifte, dann ließ dessen Widerstand nach und er atmete tief und kräftig durch.

144

„Okay, Luca."

Er schaute über Renners Schulter und versuchte ihn einzuschätzen. Es wirkte, als ob er sich im Griff hatte. Luca beschloss, es darauf ankommen zu lassen, und ließ ihn los. Renner bliebt schwer atmend stehen und warf dem alten Mann, der stöhnend versuchte, auf die Beine zu kommen, einen hasserfüllten Blick zu.

„Bring dieses Stück Scheiße weg, bevor ich durchdrehe."

Er schnappte sich den alten Mann, zog ihn vom Boden hoch, legte ihm Handschellen an und führte ihn vom Garten aus durchs Haus zum Wagen auf der Straße . Dort öffnete er die hintere Tür, stieß ihn auf den Rücksitz und schlug die Tür zu.

„Wer zum Teufel hat dich eigentlich vorhin angerufen?"

„Comisario Arturo, die Aktion gegen den Drogenhändler ist vorbei. Die Guardia Civil ist angerückt und sichert gerade die Drogen. Rate mal, was unser Comisario gefunden hat?"

„Keine Ahnung, noch mehr Drogen?"

„Den verdammten schwarzen Ford. Und eine Art Miniatur-Schlachthof in einem Zimmer. Sie durchsuchen gerade den ganzen Club, ob das vermisste Mädchen dort ist."

„Den Raser, der dich mit Steinen aus der Fahrbahn

geworfen hat? Verdammt, das ist ja seltsam."

Renner schaute ihn leicht verblüfft an: „Was ist daran seltsam, der Drogenhändler muss halt gedacht haben, ich könnte ihm gefährlich werden. Dann hat er versucht, mich auszuschalten."

„Hm. Komm mal mit." Luca winkte und ging zurück ins Haus.

„Den lassen wir hier sitzen?". Renner zeigte auf den alten Mann, der mit Handschellen gefesselt im Auto saß.

„Der geht nirgendwohin."

Renner nickte widerstrebend, folgte Luca ins Haus und ging hinter ihm die Treppe in den ersten Stock hoch.

„Fuck!", stieß er hervor, als er den Raum hinter Luca betrat.

„Nein, Dope", sagte Luca ironisch. „Und ein Waffenarsenal, das selbst für einen mallorquinischen Waffennarr beachtlich ist."

„Seid ihr so waffenverliebt?", fragte Renner halb abwesend, als er die halbautomatischen Gewehre und ein altes AK-47-Sturmgewehr betrachtete.

„Jeder Zehnte hat eine Waffe, so schätzt das Innenministerium."

„Schätzt?", fragte Renner, während er auf den Knien die gestapelten Drogenpakete in der Zimmerecke untersuchte. Dann rief er überrascht: „He! Das ist nicht nur Dope, sondern auch Koks. Wie bei Arturo."

„Na super, das brauchen wir hier in unserem Kaff", sagte Luca, während er einen Schlafsack und allerlei Krimskrams auf dem Boden untersuchte. „Hier übernachtet jemand. Aberran hat zumindest in den letzten Wochen nicht alleine hier gelebt." Er fuhr fort zu erklären: „Rund 50.000 Waffen sind angemeldet, ebenso viele sind vermutlich schwarz unterwegs."

„Na klasse, da habe ich mir ja ein verdammt ruhiges Fleckchen ausgesucht."

„He, wir sind nicht die Amis. Schießereien sind trotzdem nicht an der Tagesordnung." Er pfiff durch die Zähne. „Na da schau her. Ich glaub meine Kuh pfeift."

Renner murmelte etwas, das sich wie, „Schwein", anhörte. Luca ignorierte ihn und hob eine kleine Damenhandtasche hoch. „Hier, schau mal. Das gehört wohl kaum dem Kasper unten im Auto." Er öffnete die Tasche und zog einen deutschen Personalausweis heraus. „Das ist der Ausweis von der Pickler." Er machte ein betroffenes Gesicht. „Ich hatte immer noch einen Rest Hoffnung übrig, dass die Vermisste wieder von alleine auftaucht." Er richtete sich auf, dann schnipste er aufgeregt mit dem Finger und deutete auf ein Poster an der Wand. „Da! Haste das Wichtigste ja immer noch nich' gesehen: Da hängt dein verdammter Ford an der Wand. Der hat sich ein Foto von seiner Geliebten da hingeklebt. Das ist wohl sein Auto."

„Dann gehört der geheimnisvolle Hausgast deines irren Straßenfegers, der hier übernachtet, also zu dem Drogenhändler. Eine Ahnung wer das sein könnte? Ein Verwandter?"

Luca grübelte. „Nee, Aberrran hatte eigentlich keine Anhängsel. Das wird uns der alte Spinner sagen müssen." Er kickte mit dem Fuß einen Wecker um, der neben der Matratze stand und ging zur Tür. „Wir sollten die Bude und den Garten abgrasen, wenn der junge Mann aus dem Ford hier war – dann ist Jacky Pickler vielleicht auch irgendwo." Renner nickte und schlug vor: „Du machst den Rest des Hauses. Ich nehm den Garten und den Keller, draußen habe ich eine Tür im Souterrain gesehen."

„Was für 'n Terrain?"

Renner winkte nur kopfschüttelnd ab und ging raus.

Luca durchkämmte Zimmer für Zimmer im ersten Stock, klopfte die Wände nach Hohlräumen ab und schaute in jedes Möbelstück, aber er fand nichts. Draußen krachte es einmal kurz und trocken. Schnell öffnete er ein Fenster und schaute raus. Renner stand im Garten vor einer Gartenhütte, die Holztür hing schief in den Angeln und mitten im Türrahmen war eine zerfetze Stelle zusehen.

„Musst du jede verdammte Türe eintreten?"

„Nein, nur die, die mir im Weg sind."

Luca seufzte, zog den Kopf wieder ein und machte sich auf den Weg ins Untergeschoss. Wieder schritt er jedes Zimmer ab und ging nach erfolgloser Suche hinaus in den Garten. „Haste was?"

„Nein, weder im Keller noch im Garten war etwas zu finden." Renner schüttelte frustriert den Kopf. Er stutzte kurz und sagte dann: „Danke, dass du mich vorhin gebremst hast. Es ist einfach mit mir durchgegangen. Ich habe die Kleider gesehen, hatte sofort das Foto von Lucys geschundenem Körper vor Augen – und dann hatte ich einen Aussetzer."

„Alles gut, Marc. Ich würde sagen, der schießwütige Spinner ist versehentlich hingefallen. Und außerdem hat er Widerstand bei der Verhaftung geleistet. Ich habe kein Mitleid mit dem Dreckskerl. Der hätte uns einfach über den Haufen geschossen."

„Luca, dir ist klar, dass er nicht der Killer ist, oder?"

„Was?"

„Mein Profil. Er passt nicht."

„Äh ..." Luca starrte Renner an, mit einer Mischung aus Ungläubigkeit und Frustration.

„Es muss der junge Raser mit dem Ford sein. Und das Mädchen ist die nächste. Wir müssen sie finden.

Schnellstens."

Luca seufzte, dann sagt er: „Komm wir gehen raus, warten auf Arturo und die Zirkustruppe von der UEI. Die sind jede Minute da. Dann bringen wir den Dreckskerl aufs Revier und nehmen ihn durch die Mangel." Renner nickte und folgte ihm nach draußen.

Mario tauchte als erster vor Aberrans Haus auf. Luca setzte ihn ins Bild, während Renner grübelnd an der Motorhaube von Lucas Wagen lehnte.

„Warte bitte auf den Comisario. Dann geh die Nachbarhäuser ab und finde raus, ob jemand weiß, wer hier in letzter Zeit bei Aberran übernachtet hat. Lass dir von Esme das Phantombild von dem schwarzhaarigen Penner geben. Schau, ob irgendjemand den kennt, weiß wo der herkommt, oder wo er jetzt sein könnte. Ruf mich sofort an, wenn du auch nur das kleinste Detail erfährst, ja?"

Luca und Renner stiegen zu Aberran ins Auto und fuhren ins Revier. Es wurde Zeit, dass sie endlich ein paar Antworten bekamen.

Sie fuhren mit Lucas Dienstwagen schweigend durch das abendliche Cala Pi, die spärlich gestreuten Straßenlaternen verstreuten ein diffuses Licht, durch das offene Fenster drang im Vorüberfahren das Gelächter aus einem Restaurant herein. Renner kamen die Geräusche vor, wie ein Signal aus einer anderen Welt. Er war wieder da, wo er nie wieder sein wollte. Mitten in einer Welt aus Blut, Gewalt und Leid. Ohne sich dagegen wehren zu können, sah er Lucy wieder vor sich. Und spürte wieder diese Niedergeschlagenheit aufziehen. Was auch immer aus ihnen hätte werden können, jede Chance war dahin. Ihm fehlte jeder Ausblick auf eine Zukunft. Gerade, als er dachte, sein Herz würde sich noch mal öffnen, wurde ihm die Frau entrissen. Er spürte einen sanften Stoß an seiner Schulter. Luca hielt ihm wortlos einen Flachmann hin.

„Oh, bitte. Keinen Palo."

Luca schnaubte. „Irischer Single Malt, Marke habe ich vergessen. Schmeckt aber seidenweich, malzig, rauchig und leicht nach Torf im Abgang. Perfekt um ein Unfallopfer zurück in die Realität zu holen. Deshalb liegt der Stoff immer in meinem Handschuhfach."

Wortlos nahm Renner den Flakon und einen kräftigen Schluck. Er hustete und ihm traten die Tränen in seine Augen. „Was zum ...?", fluchte er.

Luca lachte hellauf. „Also weißte, Kommissar Oberschlau. Single Malt! Bei meinem Gehalt. Das is' ein selbstgebrannter von Mario, der brennt Orangenschnaps."

„Was zum Teufel ist ein Orangenschnaps?"

Luca lachte immer noch und schüttelte den Kopf. „Hochprozentiger Orangenlikör, aufgefüllt mit Wodka."

Renner warf das Gebräu zurück in das Handschuhfach und zog eine Grimasse. Luca bremste ab und sagte: „Na, das sieht ja aus hier." Der kleine Parkplatz vor dem Polizeirevier war überfüllt mit Fahrzeugen. Die UEI hatte einen kleinen Truck als Kommandowagen auf dem Bürgersteig gegenüber stationiert. Die ohnehin schon schmale Straße war so nur noch mit Engelsgeduld passierbar. „Die sind lustig, stellen ihre Gurke einfach mitten in den Weg." Daneben parkten grüne Einsatzfahrzeuge der Guardia Civil, einige Zivilfahrzeuge, ein Krankenwagen und zwei Fahrzeuge der Policia Nacional. „Oha, Arturo hat Gesellschaft bekommen." Renner wartete, bis Luca seinen Wagen einige Meter unterhalb der Station geparkt hatte, dann stieg er aus. Sein Kollege zog den leise vor sich hinmeckernden Aberran aus dem Fond und sagte: „Ich lass den hier kurz vom Sani checken, geh dir mal einen Kaffee holen. Ich sammel dich dann für das Verhör auf." Sie gingen die Treppen zur Polizeistation hoch und landeten mitten im Chaos. Am Tresen standen Herr und Frau Pickler, völlig aufgelöst, und versuchten aus Esme herauszubekommen, ob ihre Tochter Jacky zwischenzeitlich gefunden wurde. Als die beiden Luca mit seinem Gefangenen hereinkommen sahen, stürzte die Mutter auf die beiden zu und kreischte mit überschlagender Stimme: „Wo ist meine Tochter. Was haben Sie mit ihr gemacht!" Renner trat der Frau in den Weg und fing sie sanft ab. „Frau Pickler, beruhigen Sie sich bitte." Die Frau wehrte sich gegen Renner und schluchzte. Ihr Mann kam hinterher und versuchte sichtlich überfordert, sie zu beruhigen. Renner packte die Frau an beiden Oberarmen und schaute ihr ins Gesicht. Er sprach ruhig, bestimmt und mit einem selbstsicheren Befehlston: „Frau Pickler! Sehen sie mich an! Atmen Sie tief durch und zählen sie langsam von zehn rückwärts. Jetzt!" Verwirrt schaute die Frau ihn an, es dauerte ein paar Sekunden, bis seine Anweisungen zu ihr durchsickerten, dann atmete sie tief durch. „Geht's wieder?" Luca war in der Zwischenzeit mit dem Gefangenen in einem Hinterzimmer verschwunden. Sie nickte. „Mein Name ist Marc Renner, ich bin vom BKA in Wiesbaden beauftragt worden, die hiesige Polizei als Profiler zu unterstützen." Er zögerte kurz, dann tat er, was er schon so oft in seinem Berufsleben wider jede Vorschrift getan hatte, er versprach Unhaltbares: „Ich werde ihre Tochter finden." Und er meinte, was er sagte. Dann schaute er zu Esme hinüber. „In welchen Raum kann ich mit den Picklers? Und bitte schicken Sie mir jemanden, ich bin mit der Arbeit hier noch nicht vertraut. Ich will nichts durcheinanderbringen." Esme zeigte auf einen Raum links vom Empfangstresen und meinte: „Ich schicke gleich einen Beamten der Policia Nacional, da sitzen noch zwei im Bereitschaftsraum. Die sollen mal was arbeiten." Sie kramte, auf ihrem Tresen herum. „Ach, und hier ist das Protokoll von Jessica Kovacs Vernehmung. Mario war bei ihr und hat ihr Alibi überprüft. Sie war in Palma bei einer Stadtführung und danach in einem Club."

Renner nickte. „Dann ist sie wohl fürs Erste raus." Er drehte sich um und bat die Picklers in den Nebenraum, ein Verhörzimmer, wie sich herausstellte. Er ließ die Tür auf, damit die Atmosphäre locker blieb. Ein geschlossenes Verhörzimmer sandte bedrohliche Signale aus. Das wollte er vermeiden. „Ich müsste Ihnen noch ein paar Fragen stellen." Der Mann antwortete: „Ja, natürlich. Ich freue mich, dass das BKA

jemanden geschickt hat, um bei der Suche zu helfen."
Renner beschloss, den Irrtum nicht aufzuklären, jeder
Trost war hilfreich. Er bedeutete den beiden, dass er in
einer Sekunde zurück wäre und ging zu Esme, um das
Phantombild abzuholen. Dann setzte er sich wieder zu
den Picklers. Zwischenzeitlich war ein Beamter der
Policia Nacional dazugekommen. Machte aber keinerlei
Anstalten, ins Geschehen einzugreifen, was Renner
etwas verwunderte. Da kein Widerspruch kam, machte
er einfach weiter: „Die wichtigste Frage gleich vorweg:
Kennen Sie diesen Mann?" Er legte die Zeichnung vor
die beiden auf den Tisch. „Er wurde am Abend ihres
Verschwindens mit Ihrer Tochter gesehen. Sie stieg zu
ihm ins Auto, beide sollen recht vertraut miteinander
gewirkt haben." Der Mann schüttelte den Kopf. Die
Frau nahm das Bild in ihre Hand und runzelte die
Stirn. „Da war doch immer dieser Junge, mit dem sie an
der Poolbar war. Der hat da öfter rumgehangen. Ich
fand den viel zu alt für sie. Als ich sie drauf
angesprochen habe, hat sie auf Durchzug gestellt."
Renner stellte noch ein paar Routinefragen, die keine
wesentlichen Erkenntnisse mehr hinzufügten.
Eigentlich stellte er die Fragen nur um zu kaschieren,
dass er keine weiteren Anhaltspunkte hatte. Er hielt die
Hände der beiden bei der Verabschiedung etwas länger
als üblich und hielt Augenkontakt. „Wir setzen

wirklich jedes Mittel und jede verfügbare Kraft ein, um Ihre Tochter zu finden. Bleiben Sie zuversichtlich." Er ging hinaus und suchte Luca. Esme zeigte auf den Raum neben seinem, er ging hinein und fand dort seinen Kollegen. Links und rechts an der Wand war ein venezianischer Spiegel angebracht, ein Einwegspiegel, der nur Blicke in eine Richtung ermöglichte: in die Verhörzimmer. Luca betrachtete gerade genervt den irren Straßenkehrer, der völlig stumm am Tisch saß, dessen Füße permanent nervös auf und ab wippten. „Ich will zuerst mit ihm reden. Dann darfst du."

Luca schaute Renner an und zog eine Augenbraue hoch. „Sehr freundlich Kommissar Oberschlau, dass ich in meinem Verhörzimmer mit meinem Gefangenen reden darf."

Eine heisere Stimme ertönte hinter den beiden: „Wären Sie so gütig, mich auch einzuweihen." Beide drehten sich um und sahen in der offenen Türe einen müden Comisario Arturo vor sich stehen, immer noch im UEI-Kampfanzug. In der Hand hielt er eine Kaffeetasse, aus der es kräftig nach Kaffee, aber auch nach Bourbon roch. Hinter dem Comisario kam energisch eine Frau in einem schwarzen Kostüm angelaufen. „Arturo, bleib verdammt noch mal stehen. Du kannst jetzt nicht einfach weiter Dienst leisten, als wäre nichts passiert."

Arturo brummte leise etwas, laut sagte er: „Darf ich vorstellen: Unsere Polizei-Seelenklempnerin aus Palma. Die ebenso kompetente wie nervige Dr. Sara de la Crociere." Arturo deutete über die Schulter und machte einen gequälten Gesichtsausdruck. Luca zog Luft durch die Zähne, Renner schaute ihn fragend an, woraufhin er flüstern erklärte: „ Die Psychologin taucht bei uns nur in zwei Fällen auf: Wenn ein Kollege oder ein Opfer erschossen wurde."

„Ist bei uns ähnlich."

Arturo drehte sich um und sagte müde: „Sara, bitte. fünfzehn Minuten, dann kannst du mich von vorne bis hinten durchanalysieren. Aber wir müssen uns kurz austauschen." Leiser, zu Renner und Luca: „Faszinierend, wie wenig Feingefühl eine Psychologin haben kann."

„Comisario Arturo Miller!"

„Shit! Rang und Nachname. Weg hier." Arturo schloss die Tür zum Verhörzimmer hinter sich und drehte den Schlüssel um. Renner grinste und deutete auf den Kaffee in seiner Hand: „Ein besseres Gegenmittel gegen einen beschissenen Tag gibt's eh nicht." Er wurde ernst und sagte: „Tut mir leid, dass es offensichtlich ein besonders beschissener Tag ist." Arturo atmete einmal tief ein, streckte seine Schultern und trank einen kräftigen Schluck. „Danke, Renner", sagte er knapp. „Wir haben Ihnen viel zu verdanken, womöglich hätten wir viel mehr Männer verloren. So ist es zu einem Todesfall gekommen, an dem höchstens ich mir die Schuld geben kann." Er räusperte sich und deutete nach draußen. „Ehrlich gesagt, bin ich dankbar, dass sie da ist." Ein kurzes Zurechtrücken der Koppel und Arturos Gesicht wurde wieder regungslos. „Lassen Sie uns abgleichen, was wir wissen. Und dann geht Renner da rein. Das hat er verdammt noch mal verdient." Luca nickte. Fünf Minuten später rekapitulierte Arturo: „Esteban, der Verwalter, ist ins Krankenhaus unterwegs. Dem musste ich das Knie zerschießen. Wir müssen ihn dann verhören, sobald er aus dem OP kommt. Euer Verdächtiger ist im Moment die beste Spur zum Hauptverdächtigen. Der wohl immer noch das Mädchen in seiner Gewalt hat."

Renner nickte, er zeigte auf sein Flipchart, das Luca Raum aufgestellt hatte. „Und der junge schwarzhaarige Mann passt in das Profil."

Arturo musterte das Flipchart und nickte. „Sieht logisch aus." Er deutete durch die Glasscheibe auf Aberran und sagte: „Rein da, Renner."

Er ging mit langsamen Schritten hinein, schloss die Tür langsam hinter sich. Dann setzte er sich möglichst ruhig auf einen Stuhl und legte eine Mappe auf den Tisch. Der alte Aberran war mit Handschellen an eine dafür vorgesehene Vertiefung im Tisch gefesselt worden. Plötzlich schlug Renner mit der flachen Hand auf den Tisch. Es krachte ohrenbetäubend in dem kleinen Raum, in dem jeder Laut mehrfach von den Wänden zurückgeworfen wurde. „Wo ist er?" Der alte Mann wackelte weiter nervös mit den Füßen, kaute auf seiner Unterlippe herum – und schwieg. Er ging um ihn herum, mit langsamen, bedächtigen Schritten. Dann brüllte er direkt in sein Ohr: „Wo ist er?" Renner zog ein Foto im Großformat aus der Mappe, legte es auf den Tisch. „Das ist Jacky Pickler, ein Teenager aus Deutschland. Jacky hat noch ihr ganzes Leben vor sich. Die Schule, die erste große Liebe. Eines Tages kann sie so alt sein wie Sie." Renner packte den alten Aberran am Kinn, der erschrocken zurückwich. Er fixierte ihn über den Tisch hinweg und sagte: „Wollen Sie dafür verantwortlich sein, dass diese junge Frau ihr Leben beendet? Er wird sie töten, das wissen Sie."

„Er wollte das bestimmt nicht. Nein, das wollte er nicht."

„Was wollte er nicht, Aberran?"

„Sie töten."

Renner atmete tief ein und befolgte den Rat, den er vorhin dem deutschen Paar gegeben hatte: Er zählte langsam von zehn herunter. „Wer ist er Aberran?" Der alte Mann schwieg. Renner zog alle Register, er schmeichelte, drohte, schrie und tobte. Es war sinnlos, der alte Mann zog sich in sich zurück und wirkte immer abwesender. Auf einmal ging die Tür auf und Luca streckte seinen Kopf herein.

„Komm, machen wir Feierabend. Der Flüchtige ist zur Fahndung ausgeschrieben." Renner schaute verblüfft vom Tisch hoch. Dann schlenderte Luca herein und sagte ganz beiläufig: „Mit etwas Glück erschießt die Guardia Civil den Dreckskerl einfach an einer Straßensperre."

Auf einmal heulte der alte Mann auf und schluchzte: „Ihr dürft meinem Jungen nichts tun. Er ist doch noch ein Kind." Renner und Luca schauten sich triumphierend an. Endlich ein Fortschritt. Es sollte für diesen Abend der letzte Fortschritt sein, der alte Mann wimmerte nur noch hin und wieder, ansonsten gab er keinen Ton mehr von sich. Luca und Renner gingen hinaus ins mittlerweile deutlich ruhiger gewordene Revier, draußen war es zwischenzeitlich dunkel geworden. Nur noch wenige Beamte der verschiedenen Polizei-Behörden waren zu sehen. Arturo kam aus dem Verhörzimmer und gesellte sich zu ihnen. Luca sagte: „Immerhin sind wir weitergekommen, wir gehen morgen früh zur Hebamme und zum Pfarrer."

„Du willst herausbekommen, wer sein Sohn ist?"

Luca nickte auf Renners Frage hin. „Ja, wenn er ein

uneheliches Kind hat, dann wissen das diejenigen am besten, die hier im Ort Kinder auf die Welt bringen. Die beiden sind über sechzig und haben zusammen jedes Kind in Cala Pi geholt."

„Ich würde vorschlagen, wir essen jetzt was, dann schläft jeder ein paar Stunden und um 6 Uhr treffen wir uns morgen früh wieder hier." Luca und Arturo sahen Renner erwartungsvoll an. Der lachte kurz auf und sagte: „Diese Blicke sollen wohl heißen, dass ich etwas kochen soll." Er winkte in Richtung Tür. „Dann auf, meine Herren. Gehen wir."

Renner schmunzelte, als er vier Teller mit Wiener Schnitzel aus der Küche balancierte. Er hatte nicht damit gerechnet, dass Arturo sich selbst einladen würde . Irgendwie freute es ihn diebisch, dass der zurückhaltende Polizist offensichtlich so scharf auf das Schnitzel war. Aber vermutlich war das eine Folge seines Tipps beim UEI-Einsatz. Arturo mochte ein sturer Hund sein, aber er war anscheinend fair und loyal. Als er im Nebenzimmer servierte, schnappte Mario sich gerade gierig das letzte Stück Pa amb Oli vom Teller. Verständlich, dachte er, die gerösteten Brotscheiben waren köstlich. Santos rieb sie nach dem Rösten mit Knoblauch, Tomatenscheiben und Orangenschale ab, träufelte Olivenöl darüber und legte Pata Negra und würzige Olivenscheiben darauf. Er räumte die leeren Vorspeisenteller ab, schenkte bei den Männern Bier nach und brachte für Maria, die sich wieder in die Runde eingeschlichen hatte, einen Orangensaft. So langsam entwickelte sich das zur Routine, dachte er zufrieden. Aus dem Augenwinkel bemerkte er eine Bewegung. Renner schaute auf und sah den Zollbeamten, der damals bei Lucys Leiche am Strand gewesen war. Der Zöllner bewohnte zusammen mit seiner Freundin eines seiner Gästezimmer. Der junge Mann war sichtlich nervös, rang mit den Händen und kaute auf seiner Lippe herum. So hatte Renner den selbstbewussten jungen Beamten, der eigentlich ein Baum von einem Kerl war, noch nicht erlebt. Seine inneren Alarmglocken begannen aus Gewohnheit zu läuten. Bevor der Mann etwas sagen konnte, schob sich Santos an ihm vorbei. „Chef? Ich mache Feierabend, die letzten Gäste sind gegangen, die Kellnerinnen habe ich heimgeschickt."

„Ist recht, Santos. Könntest du ausnahmsweise morgen schon am Vormittag kommen? Wir sitzen hier noch eine Weile und ich wäre froh, wenn ich morgen nicht zum Großmarkt müsste."

„Kein Problem Chef, ich mach das. Bin um 6.30 Uhr hier." Santos ging.

Der Zollbeamte hatte ungeduldig gewartet, bis Santos aus der Tür war.

„Marc, kann ich euch stören?", stieß er hervor.

„Klar, Ronny." Renner bot allen Übernachtungsgästen das „Du" an, das passte besser hierher als das förmliche deutsche „Sie".

„Die Kellnerin sagte mir, dass du hier hinten mit den Herren von der Polizei sitzen würdest."

„Komm ruhig rein, willst du auch noch ein Bier?"

Ronny Steiger stutzte, dann nickte er. Renner ging

zum Tresen und zapfte ein Cerveza Nau. Vielleicht fing sich der Junge wieder, wenn er ihm eine Minute zum Durchatmen gab. Er ging zurück, stellte das Bier vor ihm ab und nickte aufmunternd. Da Ronny jetzt auf seinem Platz saß, lehnte sich Renner an die Wand. „Was hast du auf dem Herzen, Ronny? Du hast doch ein Problem, oder?"

„Ja, es ist etwas peinlich, aber ich mache mir mittlerweile echte Sorgen um meine Freundin, Miriam."

Jetzt schrillten die Alarmglocken bei Renner ohrenbetäubend. „Was ist mit ihr?" Die beiden waren als Pärchen angereist, innig verliebt, vermutlich noch in der Anfangsphase ihrer Beziehung, dachte Renner leicht verbittert.

„Wir haben uns gestern Nacht am Strand gestritten. Ich wurde wütend und bin weggegangen. Ich habe sie da in der Nacht alleine zurückgelassen." Ronny stützte seinen Kopf mit seinen Händen ab und raufte sich die Haare. „Ich bin zwanzig Minuten später wieder zurückgerannt, aber sie war weg."

Jetzt hatte Ronny die Aufmerksamkeit aller Gäste am Tisch. Arturo, Luca und Mario schauten den Zollbeamten an, Maria biss sich auf die Lippe und sah aus, als wolle sie gleich losheulen. Renner schwante Übles, er hoffte nur, Maria würde die Klappe halten.

„Sie wäre also heute die zweite Nacht weg?"

Ronny nickte stumm, ohne den Kopf zu erheben.

„Verzeihen Sie die Frage, aber hat sie jemanden hier kennengelernt, bei dem sie sein könnte? Hatten Sie einen Beziehungsstreit wegen eines anderen Mannes?"

„Äh ... nein." Ronny wurde rot und schwieg.

Arturo mischte sich jetzt ein: „Herr ...?"

„Steiger, Ronny."

„Herr Steiger, Sie müssen uns schon erzählen, um was es bei dem Streit ging. Wenn wir Ihre Freundin finden sollen, ist jeder Anhaltspunkt wichtig."

Ronny flüsterte beinahe: „Ich wollte Sex am Strand."

Maria biss sich immer noch ängstlich auf die Lippen, aber jetzt funkelte ihr Blick etwas.

Arturo räusperte sich und stellte fest: „Und davon war Ihre Partnerin nicht begeistert."

„Nein, deshalb der Streit. Ich ... ich habe sie als prüde beschimpft und bin gegangen. Er schluckte und senkte den Kopf vor Scham.

„Und ein anderer Mann kann dabei keine Rolle gespielt haben? Bei dem sie jetzt sein könnte?", hakte Arturo nach.

Ronny zögerte. „Wir waren seit der Ankunft pausenlos zusammen, wenn, dann hätte sie den nach unserem Streit kennenlernen müssen. Und sie ist nicht der Typ, der gleich mit jemandem mitgeht. Wir haben drei Monate bis zum ersten Kuss gebraucht."

„Der Azteke …", flüsterte Maria und Renner stöhnte innerlich auf.

Luca fuhr seine Schwester an: „Maria, ich warne dich. Das ist jetzt nicht der richtige Zeitpunkt für obskuren Geschichtsstudien und Geistergeschichten."

„Der Konquistador hat sie!", sagte sie trotzig, stand auf und ging hinaus auf die Terrasse.

Ronny schaute ihr verwirrt hinterher. „Was meint sie damit? Wer hat Miriam? Wer ist der Konquistador?"

Luca seufzte. „Entschuldigen Sie vielmals, Herr Steiger. Aus tiefstem Herzen. Meine Schwester hat ein leichtgläubiges Wesen, sie fällt schnell auf Unfug herein. Sie bildet sich ein, ein Geist geht umher und tötet Menschen."

„Oder ein verdammtes Haus", brummte Renner.

Ronny schüttelte den Kopf. „Entschuldigung?"

„Vergiss es Ronny, das ist ein lokaler Aberglauben. Wie der schwarze Mann, der im Schrank hockt. Nur bunter und fantasiereicher", schickte er hinterher.

Verunsichert schaute Ronny zwischen Luca und Renner hin und her.

„Du gehst jetzt mit den Herren hier aufs Revier, die nehmen eine Vermisstenanzeige auf. Ich nehme mein Motorrad und klappere die Kneipen ab, vielleicht hat sie einer gesehen."

Luca stand auf und schlug vor: „Nimm Maria mit, dann kann sie sich wenigstens nützlich machen und mit den Wirten und den Gästen sprechen."

Renner nickte und ging hinaus, hinter ihm brach die ganze Gruppe zum Revier auf. Mario verabschiedete sich draußen, er hatte morgen Spätschicht.

Draußen war es dunkel und kühl geworden, die Zikaden zirpten, doch irgendwie klang ihr Konzert heute unheilvoll. Renner schob diesen Eindruck auf seine niedergeschlagene Stimmung. Noch eine verschwundene Touristin, das verhieß nichts Gutes. Er schaute sich um und suchte Maria. Die war nirgends zu sehen. „Maria!", rief er laut.

Hinter dem Turm schallte halblaut eine Stimme hervor: „Hier! Ich bin hier."

Renner schüttelte den Kopf und ging durch einen Seiteneingang hinaus, damit er nicht quer über den Spielplatz laufen musste. Die Umrisse des Turms zeichneten sich im fahlen Mondlicht undeutlich gegen den Horizont ab, einige dunkle Wolken thronten am Himmel. Wenn jetzt noch Nebel vom Boden aufsteigen würde, sähe das Ganze aus, wie ein Bild von Caspar David Friedrich, dachte Renner. Tatsächlich erinnerte ihn die Szenerie an Friedrichs Werk „Abtei im Eichwald." Er überlegte schon, ob er sein Smartphone aus der Tasche ziehen und ein Foto schießen sollte, als

Marias Stimme ihn aus den Gedanken riss.

„Er ist wieder da!"

Renner musste nicht fragen, von wem sie sprach. Er rannte sofort los und über die Straße, hinter den Turm. Er bückte sich und griff in einen Busch. Triumphierend zog er ein Fernglas hervor, das er nach dem letzten Auftritt des Azteken dort platziert hatte. Da stand er wieder, hoch aufgerichtet, direkt an der Steilküste. Renner hob das Fernglas an die Augen. Maria schnaubte spöttisch hinter ihm. „Die Geheimnisse der Geister lassen sich nicht mit einem Fernglas ergründen." Renner achtete nicht auf ihre Worte und drückte sich stattdessen das Glas noch fester an seine Augen. Aber es half nicht. Mehr als eine Gestalt mit unscharfen Umrissen, die sich gegen den Nachthimmel abzeichnete, konnte er nicht sehen. Auf dem Kopf wieder der seltsamer Federschmuck. Aber etwas war anders, die Gestalt verschwand nicht wieder, wie beim letzten Mal. Verblüfft sagte Renner. „Jetzt winkt er." Er konnte nicht verhindern, dass ihm ein kalter Schauer über den Rücken lief. Ihm war klar, dass die Atmosphäre ihren Anteil dazu beitrug, dennoch erschauerte er, als die Gestalt wieder winkte. Jetzt schien ihn die Gestalt anzusehen. Auf Höhe der Augen konnte er zwei dunkle Höhlen erkennen. Renner ließ erschrocken das Fernglas sinken. Diese Maskerade sah wirklich furchteinflößend aus, versuchte er sich selbst zu beruhigen. Dann packte er Maria am Arm und begann zur Straße zu rennen. „Nicht schon wieder, Marc."

„Sind wir jetzt doch per du?", fragte er im Laufen.

„Wenn du mich auf eine Mondscheinfahrt entführst, ist das wohl das mindeste."

Renner lachte bellend. „Genau. Frische Rosen gibt's aber keine. Dafür frische Gespenster."

Er stieg auf, hob Maria hinter sich auf das Motorrad, das neben dem Restaurant parkte, und raste los.

„Keine Helme heute?", brüllte sie gegen den Fahrtwind direkt in sein Ohr. Renner konnte den heißen Atem in seinem Ohr spüren. Er wusste nicht recht, ob ihm das angenehm oder unangenehm war.

„Keine Zeit. Ihnen passie… Dir passiert schon nichts, ich bin ein guter Fahrer."

Sie klammerte sich an ihn und brüllte: „Da ist er, auf der Steilklippe, er bewegt sich am Ufer entlang."

„Sein Fehler, dann kriegen wir ihn."

„Vielleicht will er das?"

„Na klar, vielleicht muss Sir Simon sein Gespensterdiplom erneuern und bis heute Nacht 0 Uhr zwei Sterbliche erschrecken."

„Wie bitte?"

„Nichts", brummelte Renner unhörbar. Und

beschloss seine Witze über Oscar Wildes Gespenst von Canterville für sich zu behalten. Er drückte links neben dem Blinker wild auf den Schalter der Hupe, um ein Pärchen von der Straße zu scheuchen.

Wieder raste er über die Plaza, in die Straße zum Club, vorbei an der Stelle, an der Lucy entführt wurde. Da sah er es. Der Teufel sollte ihn holen, aber es schien als würde das verfluchte Ding mitten auf der Straße knapp über dem Boden zu schweben. Direkt auf eine große, helle Finca zu, die nicht weit entfernt von der Straße lag. Dunkel und bedrohlich lag sie da, Olivenbäume ragten in den dunklen Himmel. Die Fenster sahen aus wie die toten Augen eines Untiers, das aus der Tiefe einer Höhle hervorschaute. Ohne es zu wollen, gab Renner einen knurrenden Laut von sich.

„Was war das?", fragte Maria amüsiert.

„Nichts."

„Du sagst ziemlich oft nichts, oder?"

„Nein."

Die Gestalt war über die hüfthohe Mauer gehuscht, die den Garten der Finca umgab. Und verschwunden.

„Verflucht, wo ist der hin?" Renner gab Gas und bremste unmittelbar vor dem windschiefen Tor, das in den Garten der Finca führte. Er sprang vom Motorrad und ging auf das Gartentor zu. Mit jedem Schritt spürte er, wie sich ein innerer Widerstand in ihm aufbaute.

Kurz vor der Schwelle verharrte er. Seine Nackenhaare stellten sich auf, er griff in seine Hosentasche, doch der Schlagring war fort, er war bei der Verfolgungsjagd des schwarzen Fords verloren gegangen. Er umschloss sein Smartphone mit der Faust und machte sich bereit, notfalls damit zuzuschlagen. Der Metallrahmen des Gerätes konnte beträchtlichen Schaden anrichten, wenn er im richtigen Winkel und mit hoher Geschwindigkeit traf. „Bleib zurück, Maria!"

„Nein!"

„Maria! Zurück!", herrschte Renner sie mit seiner autoritärsten Polizistenstimme an. Maria verharrte augenblicklich. Renner schaute durch die Tür. Im Schatten der Olivenbäume lag ein Bündel. Ihm schwante Übles. Er schaltete die Taschenlampe in seinem Smartphone an und richtete den Schein auf das Bündel auf dem Boden, und erstarrte. Er spürte, wie sich seine Nackenhaare aufrichteten. Er hatte das Licht nur für zwei Sekunden eingeschaltet, doch das reichte schon. Dort lag eine blutige Gestalt, die kaum noch als Mensch zu erkennen war. Nur die langen Haare verrieten, dass es sich um eine Frau handelte. Renner drehte sich um und sagte: „Setzt dich auf das Motorrad."

„Was ist denn da im Garten?", fragte Maria und wollte auf ihn zugehen.

„Auf das Motorrad. Jetzt!", donnerte Renner. Sie gehorchte widerwillig.

Er griff in seine Jackentasche, wollte sein Smartphone herausziehen, bekam aber zuerst den rostigen Schlüssel in die Hand. Er steckte ihn genervt in die Hosentasche, nahm das Mobiltelefon in seine Hand, wählte Lucas Nummer und beobachtete aufmerksam die Gegend. „Luca, tut mir leid, dass ich so spät noch anrufe." Renner klang vermutlich genauso müde, wie er sich fühlte. Müde, einfach unendlich müde.

Die tiefschwarze Nacht rund um die Finca wurde von den hoch aufgerichteten Flutlichtern der Guardia Civil durchbrochen, die das Haus und den Garten taghell erleuchteten. Renner lehnte mit Maria an einem Einsatzfahrzeug der Guardia Civil und schaute den Tatortermittlern der Policia Nacional zu. Hier war der komplette Querschnitt durch den spanischen Polizeiapparat am Werk, jeder nach seinem Zuständigkeitsbereich. Renner hatte es aufgegeben, verstehen zu wollen, welche der drei Behörden, für welche Arbeiten zuständig war. Im Garten trugen jedenfalls Beamte der Guardia Civil die Erde unter dem Fundort der Leiche ab und luden sie in einen kleinen Container. Luca kam gerade aus der Haustür und winkte ihm zu. Renner stieß sich vom Fahrzeug ab und ging ihm entgegen.

„Können wir jetzt rein?", fragte er.

„Ja, Arturos Kollegen haben gerade den Tatort freigegeben." Luca bemühte sich mit ihm Schritt zu halten. „Es ist übrigens wirklich Miriam, die Freundin von deinem Gast."

Renner nickte, das überraschte ihn nicht. „Schickt bitte jemanden zu Ronny, der ihm das schonend beibringt. Lasst ihn die notwendigen Papiere unterzeichnen, dann kümmere ich mich um die Überführung von Miriams Körper nach Deutschland." Er hielt zielstrebig auf den Eingang zu. „Wer wohnt hier und wo sind sie?"

Luca keuchte, als er ihm hinterher eilte. „Das ist etwas seltsam. Die Finca hier ist seit Jahren unbewohnt, in den späten 90er Jahren lebte hier ein Pärchen. Sie hat Selbstmord begangen und er zog dann nach Palma."

„Genau die richtige Story für deine Schwester. Da haben wir sie, die Blutfinca", sagte Renner spöttisch. „War das alles Seltsame, oder kommt da noch was?"

„Die Finca ist gerade bewohnt, wir wissen aber nicht von wem. Alles ist sauber und staubfrei, das Bett gemacht und außerdem ... Ach, schau einfach selbst ..." Renner öffnete die Tür und erschrak. Ein lautes, durchdringendes Heulen schrillte aus dem Haus, der unnatürliche Laut erschütterte ihn bis ins Mark. Die Flutlichter flackerten für ein paar Millisekunden. Seine Nackenhaare stellten sich auf und er fragte sich, was das für ein scheußliches Geräusch war. Alle Köpfe hatten sich zum Eingang der Finca gedreht, Maria hatte die Hände vor dem Mund zusammengeschlagen und wurde totenbleich. Sie stammelte: „Der Azteke und der Konquistador, sie kämpfen." Renner schüttelte nur den Kopf und ging hinein, Luca folgte ihm deutlich zögernd. Die anderen Beamten standen leicht irritiert im Garten. Als Renner die Tür mit Schwung hinter sich mit einem lauten Knallen zuschlug, verstummte das Heulen schlagartig. „Siehst du, Luca? Nur der Luftzug, irgendwer hat ein Fenster offen stehen lassen, durch die offene Tür hat's dann gepfiffen." Sein Kollege wirkte nicht ganz überzeugt, ging aber an ihm vorbei und übernahm die Führung. Plötzlich donnerte es laut und vernehmlich, und es klang als würde jemand mit aller Gewalt an einer schweren Tür rütteln. „Was ist das?", flüsterte Luca erschrocken.

„Keine Ahnung, vielleicht macht draußen bei der Grabung jemand Lärm."

Luca ging langsam weiter und seine Schulter hoben und senkten sich in schnellem Rhythmus, er schien schneller zu atmen, wie Renner beiläufig registrierte. Er wollte es sich nicht anmerken lassen, aber so langsam fuhr auch ihm diese dämliche Blutfinca-Geschichte unter die Haut. Da waren einfach zu viele merkwürdige Dinge, die nicht erklärbar waren. Und seit er das Haus betreten hatte, empfand er deutliches Unbehagen und sein Magen verkrampfte sich schon leicht vor lauter Anspannung. Die Beleuchtung im engen Flur war bestenfalls unzureichend, die Glühbirne flackerte, und Renners Schatten huschte über die Wände. Der Flur schien sich entlang der vier

Hauswände durch das ganze Gebäude zu ziehen. Sie bogen nach links ab, passierten zwei Türen, dann stießen sie nach einer Biegung auf Möbel, die jemand achtlos in den Flur geschoben hatte. An der Wand lehnte ein zusammengerollter Teppich. Luca öffnete die Tür, und der Blick auf ein kleines Zimmer wurde freigegeben. Ein großes Fenster, durch das man den fahlen Nachthimmel sehen konnte, lag gleich gegenüber. Etwas Licht aus den Flutlichtern fiel in das Zimmer und erhellte eine morbide Szene. Der Raum war spärlich mit uralten, halb verfallenen Möbeln ausgestattet. Ein wurmstichiges, dunkles Kinderbett, daneben ein einfacher, kleiner Nachttisch. An der Wand stand ein windschiefes Regal, das von oben bis unten mit Schimmelflecken bedeckt war. Darauf saßen einige vergammelte Stofftiere, eine Giraffe, ein Teddybär mit einem herabhängenden Auge und eine Puppe mit leer dreinblickenden Glasaugen. Auf dem Boden drehte einsam ein kleiner Holzkreisel seine Runden und quietschte im Drei-Sekunden-Takt sachte vor sich hin. Renner ging entnervt auf die Knie, hob das Spielzeug auf und behielt es in der Hand. „Sehr witzig."

Luca schüttelte bleich den Kopf. „Das war ich nicht", sagte er fast unhörbar. Renner seufzte und sagte nichts. Einerseits glaubte er nicht daran, dass Luca sich einen Scherz erlaubte, seine Furcht war eindeutig echt.

Andererseits wusste er nicht, wer das verdammte Ding sonst in Bewegung gesetzt hatte. Es war niemand mehr im Haus, außer ihnen. In einer Ecke stand ein altmodischer Koffer aus Rindsleder. Luca öffnete ihn, darin waren einige Kleidungsstücke. Er deutete hinein. „Erwachsenenkleidung, aber recht altmodische. Einige Jahre, teilweise auch Jahrzehnte alt. Aber frisch gewaschen."

„Hier hat also jemand gelebt."

„Ja, die Küche ist blitzblank, das ganze Haus ist sauber und macht einen bewohnten Eindruck. Der Kühlschrank ist randvoll mit hochwertigen und frischen Lebensmitteln, kein Fertigfraß."

„Also ein gesundheitsbewusster Geist."

Luca schwieg vorwurfsvoll.

„Gibt's kein Schlafzimmer, oder was soll das hier?"

„Doch, ein sehr schönes sogar. Aus irgendeinem Grund hat der Bewohner es vorgezogen, in diesem kleinen, vergammelten Kinderzimmer zu wohnen. Er hat die modernen Möbel auf den Flur geschoben und vermutlich diesen Müll hier aus dem Keller und vom Dachboden geholt. Jedenfalls steht dort noch mehr von diesem wurmstichigen Krempel herum."

Renner schaute sich den Holzkreisel in seiner Hand genauer an. „Hm, das Ding hier hat einen polierten Metallboden und ist handgedrechselt. Sowas wird seit

Jahrzehnten nicht mehr hergestellt, mein Vater hat mir einmal so einen aus seiner Kinderzeit geschenkt."

„Dein Vater schenkt dir jetzt noch Spielzeug?"

„Da war ich zehn, Kommissar Obelix." Renner ging in dem Zimmer auf und ab und sog alle Details in sich auf. Er schaute sich jedes Stofftier an, die Position der Möbel. Rückte die Möbel ein wenig hin und her, um sie dann wieder an ihren Platz zu stellen. „Ich glaube, da hat sich jemand bemüht, den Originalzustand wiederherzustellen."

„Wie kommst du darauf?"

„Er hat den Teppich rausgeräumt und die Möbel, also stören ihn die aus irgendeinem Grund." Renner ging zu dem Regal, rückte es weg und winkte Luca zu sich. „Schau hier, siehst du die dunklen Stellen dort unten?"

„Die vier Rechtecke am Boden, die ... Ah! Da stand das Regal früher! Die Sonne hat den Boden daneben ausgebleicht. Dort, wo die Füße standen, ist der Boden dunkel geblieben."

„Korrekt. Und dazu müssen die Möbel schon recht lange an dieser Stelle gestanden haben. In den letzten Jahren standen sie aber nicht mehr hier drin." Renner zeigte auf die etwas dunklere Raummitte und deutete auf die deutlich helleren Ränder des Raumes. „Da lag ein Teppich, der nicht den ganzen Boden bedeckt hatte." Wieder ging er auf die Knie und führte seinen Finger hinter die Schublade des Nachttisches. „Treffer!" Der Finger war total verstaubt. „Wer immer hier hauste, hat sich die Möbel zusammengesucht, die hier vor Jahrzehnten einmal hineingehörten. Wir sollten den Besitzer der Finca finden, vielleicht weiß der mehr. Lass mal jemanden das Grundbuchamt prüfen."

Luca nickte. „Da weiß ich was Besseres, aber lass uns erst mal den Rundgang beenden, ich habe da noch etwas weit Beunruhigenderes gefunden."

Renner richtete sich auf und bedeutete Luca, vorauszugehen. Zurück durch den schlecht beleuchteten Flur ging es in ein weitläufiges Wohnzimmer. Hell verputzte, erdfarbene Wände, ein offener Kamin und endlose Bücherregale füllten den Raum. An den Wänden hingen alte Schwarzweißaufnahmen einer deutlich älteren Finca, vollständig aus Naturstein erbaut und leicht zerfallen. Das Haus drückte sich förmlich an den Hang, die Olivenbäume davor schienen bestrebt, es vor den Blicken der Außenwelt zu verbergen, als müssten sie etwas Abstoßendes vor den Augen der Welt verstecken. „Die sieht verdammt unheimlich aus!", meinte Renner und musterte das Gebäude.

„Das ist die Blutfinca."

„Wie bitte?"

„Hast richtig gehört. Steck mal die Nase in das Gruselkabinett da." Luca deutete auf das Foto.

„Überreste der Finca von Alejandro Gomez da Puntajero, Konquistador aus dem 16. Jahrhundert nach Christus. Aufgenommen im April 1932", las Renner laut die Bildunterschrift vor, kratzte sich am Kopf und ging die anderen Wände ab. An jeder Wand waren Fotos der Finca zu sehen, die letzte Wand schmückten Bilder einer Familie vor einer Baustelle. Ein Mann, eine Frau mit einem Baby auf dem Arm.

„Das sind die Erbauer dieses Hauses, wie es scheint, haben sie ihre neue Finca auf den Fundamenten der Blutfinca gebaut", erklärte Luca.

Renner nahm das Familienfoto in seine Hand. „August 1938, Baubeginn unseres neuen Zuhauses. Sie haben vor dem Abriss die historischen Gemäuer anscheinend noch dokumentiert?"

Luca zuckte mit seinen Achseln. „Es ist mehr als das. Schau dir die Bücher an."

Renner ging an den Regalen vorbei, während er die Buchrücken ausgiebig studierte, wechselte sich Neugierde mit Irritation und dann mit einem leichten Unbehagen ab. Das erste Regal enthielt einige, teilweise aus losen Blattsammlungen bestehende, lokale Geschichtsbücher. Geschrieben von Hobbyhistorikern, aber teilweise stand auf den Ausdrucken auch

„Universitat de Barcelona." Luca trat hinzu und drückte ihm eine dicke Mappe in seine Hand. „Das ist die Geschichte von Moctezumas Sohn, dem Azteken-Prinz."

„Also hat Marias Geschichte tatsächlich einen wahren Kern?"

Luca zog eine Augenbraue hoch. „Bis auf den Geisterquatsch."

Renner deutete auf das dritte Regal. „Der Besitzer der Finca scheint das anders zu sehen. Das sind alles Werke aus dem Bereich der Grenzwissenschaften. Schau dir das mal an." Er nahm wahllos Bücher aus dem Regal: „Hier, schau. Parapsychologie, Leben nach dem Tod, Mit Geister sprechen – oha, jetzt kommen die Hardcore-Schriften: Exorzismus, Geisteraustreibung und Satansanbetung." Er stopfte die Bücher zurück ins Regal und ließ seinen Blick schweifen. „Und jede Menge Literatur über Azteken. Von Standardwerken aus renommierten Universitätsverlagen bis zu obskurem Kram aus dem Selbstverlag." Luca ging zu einem hellen Tisch in der Zimmerecke. Dort lagen alte Kladden und ein neuer Notizblock. Er hob wortlos den Notizblock und eine Kladde auf und reichte sie weiter. „Was ist das?"

„Notizen über Geisteraustreibung. Es scheint, als hätte vor Jahrzehnten jemand mit Schnüffeln begonnen, und jetzt hat wer den Kram fortgeführt." Luca hob ein Buch über katholische Exorzismen hoch. „Da! Hat dieselbe Seite aufgeschlagen, wie der Schreiberling in der Jahrzehnte alten Kladde und exakt an der Stelle weitergemacht."

„Ich sagte dir doch, der Täter ist von dieser Aztekengeschichte besessen. Vielleicht spielt der das hier nach. Habt ihr den Tatort gefunden?"

„Nein, bisher noch unklar. Die Küche wäre möglich, da sind Blutspuren gefunden worden – könnte aber auch vom Essen sein. Da sind Schlachterwerkzeuge. Ein Bolzenschussgerät."

„Ist ja reizend." Renner spürte, wie sich leichte Kopfschmerzen breitmachten. „Lass uns rausgehen, irgend wie ist hier schlechte Luft. Oder hast du noch etwas, das ich sehen sollte?" Luca schüttelte den Kopf und beide gingen nach vorne zur Haustür. Im Garten atmete Renner tief ein und spürte, wie das Druckgefühl langsam nachließ. Ein Mann mit einem Mundschutz und in einem weißen Einwegschutzanzug kam auf sie zu. An seiner Seite lief Comisario Arturo.

„Das ist der Pathologe", sagte Luca.

„Guten Abend."

Renner knurrte: „Der Abend ist nicht gut und längst in die Nacht übergegangen."

Der Mediziner zuckte mit den Achseln. „Wollen Sie

den vorläufigen Befund, oder nicht?" Arturo sagte: „Deshalb sind wir hier. Fahren Sie fort."

„Das Opfer ist blutleer. Nach dem, was wir über das erste Opfer wissen, wird diese Frau hier auch geschächtet worden sein."

„Geschächtet?"

„Betäubt, über Kopf aufgehängt, die Kehle mit einem sehr scharfen Gegenstand geöffnet und dann langsam ausbluten lassen. Bevorzugte Schlachtmethode für koscheres und Fleisch, das halal ist. Jüdische und muslimische Metzger schlachten so."

„Irgendetwas zum Täter, das bei einem Profil helfen würde?", fragte Renner mit zusammengebissenen Zähnen.

„Ja, allerdings. Nach dem Schächten wurde die Haut vollständig abgezogen. Die Schnitte sind professionell, aber nicht in chirurgischer Präzision durchgeführt worden. Ich würde auf einen Schlachter oder Jäger tippen. Jemand, der es gewohnt ist, zu häuten, aber nicht mehr auf den Patienten achten muss. Die Schnitte sind teilweise zu tief." Er hielt ein Foto hoch, das er anscheinend im mobilen Kommandowagen der Policia Nacional ausgedruckt hatte, der links von der Finca parkte. Darauf war wieder, tief eingeschnitten ins Fleisch, Moctezumas Glyphe zu sehen. „Und wieder diesen Azteken-Mist hier."

Luca ging mit schnellen Schritten an dem Pathologen vorbei zu seinem Dienstwagen, der unweit des Gartentores parkte. Er griff in das Handschuhfach und genehmigte sich einen Schluck aus seinem Flachmann. Dann steckte er ihn in seine Hosentasche und ging zurück. Seine Gesichtsfarbe wechselte langsam von hellgrau zu rosa zurück.

„Lebend, nehme ich an? Wie beim letzten Mal?", fragte Renner.

„Bericht folgt", sagte der Pathologe tonlos und ging.

„He!", rief Renner ihm hinterher. „Todeszeitpunkt?"

Der Mediziner drehte sich im Laufen um. „Todeszeitpunkt ist irgendwann zwischen 0 und 6 Uhr."

Arturo zog einen Zettel aus der Tasche. „Was für ein verdammter Schlamassel. Wir haben den Besitzer ermittelt, ein Rechtsanwalt namens Fernando Hernandez aus Palma."

„Ist das der, dessen Frau sich hier umgebracht hat?"

Der Comisario stutzte: „Das weiß ich nicht, hier hat sich jemand umgebracht?"

Luca nickte. „Ja, das muss der sein. Jetzt wo ich den Namen höre, klingelt was bei mir."

„Heb ab, könnte wichtig sein", knurrte Renner.

„Wie?"

„Vergiss es. Der Mann lebt in Palma?"

Arturo nickte und sagte: „Am besten fahrt ihr nach Palma. Die Kriminaltechnik braucht noch den ganzen Tag, bis weitere Ergebnisse zu erwarten sind. Und Esteban, der armselige Drogenbaron von Cala Pi, ist im Krankenhaus aufgewacht. Wäre mir recht, wenn ich den nicht vernehmen muss." Luca nickte und sagte: „Wir übernehmen das, wackeln aber vorher noch mal ins Archiv, die Akte über den Selbstmord suchen. Der wird ja damals untersucht worden sein. Vielleicht hilft uns das weiter."

„Arturo? Bringen Sie bitte Maria nach Hause?", fragte Renner, stieg auf sein Motorrad und setzte den Helm auf. Arturo nickte und winkte Mario herbei, damit er Lucas Schwester heimfuhr. Luca setzte sich in seinen Wagen und beschleunigte mit quietschenden Reifen, Renner folgte ihm und hinterließ eine kleine Staubwolke, als er auf dem unbefestigten Weg zur Steilküste hinüber fuhr, dann nach links abbog und auf das Zentrum des kleinen Örtchens zuhielt. Die ersten Sonnenstrahlen fielen auf das türkisfarbene Wasser der Bucht und ein neuer Morgen brach an.

Am Polizeirevier parkte Renner sein Motorrad, Luca stieg aus und die beiden gingen die Stufen hinauf. Ein kurzes Nicken zur Sekretärin am Empfang, dann ging Luca auf eine Metalltür zu, öffnete sie, knipste das Licht an und ging eine schmale Treppe hinunter. Renner folgte ihm hinab und stand kurz darauf im Archiv. Was für ein hochtrabender Begriff für eine verstaubte Rumpelkammer, in der sich neben einigen alten Metallschränken kaputte Fahrräder, Bürostühle und Schreibtische stapelten, dachte Renner. Und dunkel war es hier.

„Ist das Licht kaputt?"

Luca zuckte mit den Achseln. „Scheint so." Er öffnete ein paar Schränke, bis er den richtigen gefunden zu haben schien. Er leuchtete mit seinem Smartphone in den Schrank, zog ein dickes Hängeregister heraus, auf dem „1975, Gewaltverbrechen" stand, und drückte es in Renners Hand. „Da, mach dich nützlich und such den Fall raus."

Er klemmte sich das ganze Register unter den Arm. „Nehmen wir einfach das ganze Jahr mit, das Stochern im Dunkeln lag mir noch nie."

Luca lachte und die beiden gingen die Treppe hinauf und verließen das Revier wieder. Draußen vor dem Wagen verbeugte sich Luca und zeigte mit großer Geste auf das Auto. „Bitte sehr, Mylord."

„Nee, lass mal. Ich will die Akte lesen."

„Oh, jetzt ist sich der Herr wieder zu fein für den schnöden Dienst als Fahrer." Luca spielte den Beleidigten und setzte sich schmollend ans Steuer.

„Weißt du eigentlich, dass der Spitzname Obelix

auch noch aus anderen Gründen zu dir passt?"

„Ich weiß nicht, was du meinst, Herr Renner."

Sie bogen im Kreisverkehr in die Carrer Betlem ein und kreuzten mehrfach das ausgetrocknete Flussbett des Torrent de Cala Pi, einem kleinen Sturzbach, der nur in den Regenzeiten Wasser führte. Sie fuhren mit hoher Geschwindigkeit auf der Hauptstraße nach Llucmayor, um dort Richtung S'Arenal abzubiegen. Renner grübelte und ließ abwesend den Blick schweifen. In der Ferne konnte er den Puig de Randa sehen, einen 542 Meter hohen alleinstehenden Berg, dessen dicht bewachsene grüne Flanken sich zwischen Llucmayor und Algaida inmitten der Ebene Es Pla erhoben. Die Gegend wurde auch die Kornkammer Mallorcas genannt und war dementsprechend mit Ackerland übersät. Reis, Mais, Kartoffeln und Mandelbaumplantagen wechselten sich miteinander ab. Die hellrosa Pracht der tausenden Mandelbäume in der Gegend um Llucmayor war aber längst dem Blattgrün gewichen und so passierten sie grüne Mandelbaumwälder. Die Bäume reihten sich in geometrisch klaren Linien aneinander und wären für jeden Touristen wohl eine kleine Attraktion, doch Renner nahm sie nur nebenbei war. Er schlug er das Hängeregister auf. Er hörte das Blöken einer Schafherde, aber er hatte keinen Blick für die typischen niedrigen Natursteinmauern, die viele Felder, Wiesen und Plantagen von der Straße abgrenzten. In der Ferne sah er eine der zahllosen Windmühlen der Insel stehen. Soweit er sich erinnerte, förderten sie heute nur noch Grundwasser, statt wie früher Oliven und Getreide zu mahlen. Renner seufzte und widmete seine Gedanken wieder dem Fall und dem mitgebrachten Hängeregister. Nach einigem Blättern stutzte er jedoch.

„Hoppla, da habt ihr aber was falsch abgelegt, hier ist auch noch eine Fallakte aus dem Jahr 1947." Er steckte die Akte ins Handschuhfach und suchte weiter nach den richtigen Dokumenten. „Ah, hier. Fall Ana Hernandez." Er las einige Minuten schweigend, dann seufzte er erneut und sagte: „Diese Blutfinca macht mich irgendwann noch trübsinnig. Das reinste Drama. Ich fass das mal zusammen." Er räusperte sich und begann zu erzählen: „Hernandez zog 1972 mit seiner Frau aus Palma nach Cala Pi. Sie wollte eine ruhigere Gegend, er wollte direkt ans Meer. Da kam ihnen das günstige Grundstück mit der Finca-Ruine gerade richtig, anscheinend war das ein ziemliches Schnäppchen. Das Ehepaar Hernandez verbrachte zuvor einige Jahresurlaube hier und kannte die Gegend. Er war schon seit einiger Zeit von der Finca fasziniert und ging der Aztekengeschichte tiefer auf den Grund."

„Und dann hat er das Grundstück gekauft?"

„Warte mal." Renner schaute auf die Fallakte im Handschuhfach. Er las das Etikett und schluckte. „Das ist mir gar nicht aufgefallen, da steht: Massaker von Cala Pi, 1947"

Luca korrigierte schnell den Kurs des Wagens, er hatte neugierig versucht, auf den Aktendeckel zu schauen, und war gefährlich nah an die niedrige Mauer rechts vom Wagen gekommen. „Bitte was, ein Massaker?"

„Du weißt davon nichts?"

„Nie gehört. Aber das war auch Jahrzehnte vor meiner Zeit, streng genommen vor jedem unserer heutigen Polizisten. Der letzte, der das noch hätte mitbekommen können, ist unser alter Polizeichef. Der alte Knacker ist aber seit zehn Jahren in Ruhe und lebt in Palma."

Renner hörte schon gar nicht mehr zu, er war wieder in die Akte Hernandez vertieft und las sie zu Ende. „Das ist tragisch, aber bringt uns nicht weiter. Seine Frau wurde verrückt. Sie wollte anscheinend irgendwann ständig renovieren, wurde dann gewalttätig, als ihr Mann nicht mehr renovieren wollte." Renner blätterte um, während der Wagen weiter über die holprige Hauptstraße fuhr. „Sie kam in

Behandlung, wurde jedes Mal als geheilt betrachtet und verfiel wieder in den alten Wahnsinn." Er pfiff durch die Zähne. „Au weh, das Gespräch mit Hernandez wird noch unangenehmer, als ich dachte."

„Wieso?"

„Hör dir das an: Am 1. September 1975 wachte Hernandez davon auf, dass seine Frau ihn fesseln wollte, als er sich wehrte, stach sie mit einem Messer auf ihn ein. Als er zu Boden ging, schien seine Frau einen lichten Moment zu haben, schrie verzweifelt seinen Namen und rannte aus dem Zimmer. Als Hernandez es geschafft hatte vom Nachttisch Polizei und Krankenwagen zu alarmieren, war es bereits zu spät. Die Beamten fanden Ana Hernandez tot in einem Zimmer der Finca auf. Sie hatte sich das Messer über die Kehle gezogen und war verblutet." Renner überblätterte eine Seite. „Jetzt kommt ein architektonischer Erguss über den Fundort, der Beamte liebt entweder Natursteinmauern oder der war von der Rolle, als er den Tatort beschrieb." Er klappte die Akte zu. „Das war's, mehr steht nicht drin. Ich schau mir mal die alte Fallakte an. Massaker hört sich ja schon dramatisch an. Oh, da ist ein Augenzeugenbericht drin." Er blätterte hin und her. „Der Name ist komplett geschwärzt. Wieso denn das?"

Luca stutzte. „Kann eigentlich nur zweierlei heißen:

Zeugenschutzprogramm oder ein minderjähriger Verdächtiger. Da ist die Akte unter Verschluss und kann nur vom Gericht geöffnet werden."

Renner studierte das Deckblatt. „Scheint ein Kind zu sein, da steht als Geburtsdatum 1938, dann war der Zeuge 1947 neun Jahre alt. Also Akte unter Verschluss. Ich lese das mal laut."

Der Junge kroch tiefer in den Schrank hinein, immer tiefer und duckte sich in den Schatten der Kleider. Draußen lief sein Vater am Schrank vorbei und versuchte, ihn hervorzulocken.

„Komm, ich tue dir nichts. Komm raus. Wo bist du?", flüsterte der Mann mit brüchiger Stimme. Der Junge glaubte ihm kein Wort. Nicht nach dem, was er heute Nacht gesehen hatte. Sein Vater war böse, der Teufel musste von ihm Besitz ergriffen haben.

Vor einer Stunde hatte seine Mutter ihn geweckt und seine kleine Schwester an der Hand gehalten. Ganz sanft hatte sie ihre Hand auf seinen Mund gelegt, als sie ihn vorsichtig schüttelte. „Leise, nur leise. Wir müssen gehen. Wir spielen Verstecken. Vati darf uns nicht sehen und hören. Okay, mein kleiner Grashüpfer?" Er hatte eifrig genickt, aber die Angst in der Stimme seiner Mutter bemerkt. Ein lederner Koffer, mit zwei Messingschnallen verschlossen, lehnte am Fußende seines Bettes. Mutter hatte ganz offensichtlich vor, zu gehen und sie beide mitzunehmen. Sie hatte warme Kleidung an und ein Kopftuch um den Kopf gewickelt. Beinahe hätte er geweint vor Erleichterung. In den letzten Tagen war ihm aufgefallen, dass sie sich seltsam verhielt. Als er sie beobachtete, entdeckte er, dass sie nachts ihren Koffer packte. Ganz vorsichtig, Kleidungsstück für Kleidungsstück. Jede Nacht eines mehr. Und Geld aus Vaters Brieftasche abzweigte. Er hatte Angst gehabt, seine Mutter würde alleine fliehen und er würde zurückbleiben. Dicke Tränen der Erleichterung kullerten über sein pausbäckiges Gesicht und er schluchzte. „Pscht! Mein kleiner Grashüpfer, alles wird gut!" Er nickte nur und stellte sich auf die Zehen, um seiner Mutter einen Kuss auf die Wange zu geben. Jetzt kullerte auch ihr eine Träne herunter. Die kleine Schwester nölte laut: „Was heult ihr denn hier herum! Spielen wir jetzt, oder was?" Sie erstarrten beide. Mutter hielt ihre Hand über den Mund des verdutzten Mädchens und er blickt angstvoll zur Tür. Lauschte, ob sich etwas bewegte, ob eine Diele im Flur knarrte und die Katastrophe ankündigte. Ihn ankündigte. Doch es war ruhig, er schien nichts gehört zu haben. Der Junge holte seine Schuhe unter dem Bett hervor und wollte seinen Rucksack holen, doch Mutter schüttelte energisch den Kopf und zog ihn zur Tür. Den langen, dunklen Flur entlang. Die Möbel im Flur warfen bedrohliche Schatten, ein Leuchter formte einen Schattenriss, der aussah, als würde der Teufel mitten im Flur stehen und mit seinem Dreizack drohen. Fast hatten sie es geschafft, Mutter zog geräuschlos den

Schlüssel vom Schloss der Haustür ab und kontrollierte, ob auch der Autoschlüssel daran hing. Vater hatte eine gute Stellung in der lokalen Regierung von Franco und hatte Zugriff auf Vergünstigungen wie den DKW, der vor der Tür stand. Was er genau machte, wusste der Junge nicht. Aber einmal war er sogar mit ihm an Bord eines der deutschen Nazi-U-Boote gewesen, die bis vor zwei Jahren das Mittelmeer von dort überwachten. Jetzt würde ihnen seine Vorrangstellung die Flucht ermöglichen. Mutter hatte es geschafft, die Tür geräuschlos zu öffnen und wollte raus. Da fiel ihm auf, dass sein Hase noch im Bett lag. Hoppel, durfte nicht bei Vater bleiben, er musste mit. Der Hase hatte bestimmt schon fürchterliche Angst. Er riss sich noch mal von der Hand seiner Mutter los und rannte in sein Zimmer. Hinter sich hörte er die verzweifelte Stimme seiner Mutter, die seinen Namen rief. Diese Stimme hatte er noch Wochen danach nicht vergessen. Immer wieder war er schwitzend und schreiend aufgewacht. Und hatte ihr laut geantwortet: Ich bleibe da Mutter. Diesmal gehe ich nicht zurück, er wird euch diesmal nichts tun. Doch dann wurde er wach und zusammen mit der Wahrheit kam auch die Verzweiflung zurück. Und die Bilder, die er so unbedingt vergessen wollte. Und diese furchtbare Stimme. „Streiche die Wände", sagte sein Vater mit einer fremden und schrillen Stimme, als er seine Mutter zurückriss, seine Schwester gegen die Wand im Flur schleuderte und die Tür zuschlug. Der Schlüssel wurde herumgedreht. Der Junge rannte in das Wohnzimmer, das sein Vater so schön renoviert hatte. Die offenen Natursteine gaben einen klaren Kontrast zu den hellen, frisch gebeizten Holzbalken der Decke ab. Blitzschnell krabbelte er in den Kleiderschrank, versteckte sich hinter den Kleidern und beobachtete durch die Holzlamellen, was sein Vater tat. Und wünschte sich, er hätte es nie getan. Und trotzdem konnte er seine Blicke nicht abwenden. Fast hätte er geschrien, als eine kleine Hand seine ergriff. Panisch blickte er sich um und entdeckte den kleinen Freund seiner Schwester, der sich schon vor ihm hier versteckt haben musste. Er hatte völlig vergessen, dass sie heute einen Übernachtungsgast hatten. Draußen hatte der Vater Mutter an den Beinen aufgehängt und zog gerade das Seil am Deckenbalken fest. Dann zog er ein Messer durch ihre Kehle, mit einem leisen Zischen entwich die letzte Luft aus ihrer Kehle. Sie zuckte hin und her und das Blut sprudelte aus dem Schnitt, lief die Stirn hinunter und tropfte an ihren wundervollen langen, schwarzen Haaren entlang in eine Zinkwanne am Boden. Der Mann, der nicht mehr sein Vater war, lief um sie herum und murmelte: „Ich werde die Wände

streichen, oh ja, oh ja. Ihr werdet zufrieden sein, Herr."
Der Anblick war grässlich und trotzdem konnte er
seine Augen nicht abwenden. Er brannte sich in sein
Gehirn ein. Er drückte fest die Hand seines kleinen
Leidensgenossens und hielt ihm den Mund zu. Dann
sah er, starr vor Schreck, wie der Mann seine Schwester
neben Mutter hängte. Als seine Schwester sich ein
letztes Mal aufbäumte und dann ruhig am Balken hing,
schaute er weg. Und biss sich in seine geballte Faust,
um nicht laut aufzuheulen. „Das ist genug, oder? Ich
werde jetzt streichen. Das ist genug, Herr?" Da hörte er
die Stimme zum ersten Mal: „Streich die Wände!"

Der Mann antwortete: „Oh ja, Herr, oh ja. Ich
streiche ja, aber das ist doch genug?" Seine Stimme
schraubte sich noch eine Oktave höher und die
Verzweiflung war aus seiner Stimme zu hören. Wieder
ertönte es: „Streich die Wände!" Der Mann sank in sich
zusammen und sagte leise: „Ja, oh ja, Herr. Ich gehe sie
suchen." Er wusste, dass er jetzt etwas unternehmen
musste, sonst war es aus. Sonst würde er sterben und
der kleine Junge neben ihm, der höchstens drei Jahre alt
war, auch. Als der Mann das Zimmer verließ, bedeutete
er dem Kleinen, er solle ihm folgen und still sein. Völlig
verängstigt nickte der Junge. Er ging voraus und zog
ihn hinter sich her. Bog vom Flur in die Küche ein,
öffnete die Küchentür nach draußen und rannte so

schnell er konnte mit dem Kleinen in die Dunkelheit hinaus. Als sie die ersten Aleppokiefern erreichten, ließ er sich fallen und zog den Freund seiner toten Schwester in den Schatten des Baumes. Als die Umrisse des Vaters in der Tür auftauchten und der Mann vor Wut und Verzweiflung aufheulte und wild mit seinem blutigen Messer herumfuchtelte, drückte er den Kleinen auf den Boden, bis die Gefahr vorüber war. Dann machte er sich auf den Weg ins Dorf, zur Polizeistation. Die unheimliche Stimme, die er im Haus gehört hatte, sollte er nie wieder vergessen.

Renner schwieg. Und schluckte. Dann las er vom letzten Blatt der Akte aus dem Abschlussbericht vor. „Als die Beamten eintrafen, konnte nur noch der Tod der drei Opfer festgestellt werden. Vater, Mutter und ein Kleinkind im Alter von drei Jahren waren mit einem Messer brutal getötet worden, der Vater schien sich nach dem Mord an Ehefrau und Tochter in der Küche selbst mit der Tatwaffe gerichtet zu haben." Er drehte den Bericht um, doch da war nichts mehr. Wieso stand da nichts über den Freund der Schwester, fragte er sich. „Luca, wo ist das Datenblatt der Opfer, das fehlt hier auch? Die ganze Akte scheint unvollständig."

Luca schüttelte verwundert den Kopf. „Die Namen der Opfer müssen da drin stehen."

„Verdammt und zugenäht!", brüllte Renner frustriert. Luca zuckte zusammen. „Ich habe das Gefühl, die Lösung liegt direkt vor mir. Alles dreht sich um dieses Haus, diese elende Finca. Wir müssen die Namen aus dieser Akte bekommen."

„Mit etwas Glück kann uns der jetzige Besitzer den Namen seines Vorgängers nennen. Bis uns ein Richter das freigibt, wenn überhaupt, dauert das Wochen. Aber wo du von Namen sprichst, mir fällt gerade ein, dass ich noch mit dem Pfarrer telefonieren wollte, wegen Aberrans Sohn." Luca wählte über den Bordcomputer eine Nummer und wartete darauf, dass am anderen Ende jemand abhob. Der Lautsprecher der Freisprecheinrichtung knackte und gleich darauf ertönte eine tiefe, ruhige Stimme: „Pablo de la Montoya. Hallo?"

„Capellá Montoya! Schön, dass sie da sind. Hier ist Luca Péron."

„Ah, Luca. Dich habe ich schon lange nicht mehr in der Beichte gesehen."

Luca räusperte sich. „Ich komme am Sonntag nach der Messe, Capellá. Aber vorher müsstet Ihr mir etwas helfen."

Montoya lachte. „Klar doch. Was brauchst du?"

„Aberran, der Straßenfeger, ist in Schwierigkeiten. Er sitzt bei uns auf dem Revier und ist irgendwie in die grausamen Morde verwickelt, die gerade passieren."

„Oh, heiliger Leander von Sevilla, Morde? Was hat der alte Narr getan?"

„Ich kann dazu nichts sagen, aber wir suchen jemanden, der Aberrans Sohn zu sein scheint. Wisst Ihr etwas darüber, Hochwürden?"

Ein beredtes Schweigen drang aus dem Lautsprecher. Dann räusperte sich der Geistliche. „Das ist richtig. Aberran hat einen unehelichen Sohn. Ich kann euch den Namen aber nicht nennen, das ist vom Beichtgeheimnis abgedeckt. Aber die Geburt ist ordnungsgemäß hier in der Pfarrei verzeichnet, wenn du recherchierst, wirst du selbst darauf stoßen. Aberran ist als Vater eingetragen worden."

„Wunderbar, ich gebe das weiter. Entweder kommt Mario oder ein Comisario von der Policia Nacional namens Arturo Miller in die Pfarrei. "

Renner gestikulierte heftig. „Frag nach der Familie von der Finca", flüsterte er.

Luca nickte. „Hochwürden, eine Frage noch: 1947 ist in Cala Pi eine Familientragödie in einer Finca passiert, eine ganze Familie wurde ermordet, nur der kleine Sohn hat überlebt. Sagt euch das etwas?"

Stille am anderen Ende. „Wieso wollt ihr das wissen?" Luca zog eine Augenbraue hoch und schaute zu Renner. Das war eine ungewöhnliche Antwort. „Wir glauben, dass der Junge in die heutigen Morde verwickelt ist."

Wieder Stille, dann ein tiefes Seufzen, das aus dem Innersten des Geistlichen zu kommen schien. „Wie sind die armen Seelen zu Tode gekommen?"

„Hochwürden, ich bin mir nicht sicher ..."

„Wurden sie mit einem Messer getötet, gehäutet und das Blut abgelassen?"

Renner und Luca schauten sich verdutzt an.

„Ja, Hochwürden, woher wisst Ihr das? Wir haben diese Details nicht an die Presse gegeben."

„Princeps gloriosissime caelestis militiae, sancte Michael Archangele, defende nos in praelio adversus principes et potestates, adversus mundi rectores tenebrarum harum, contra spiritualia nequitiae, in caelestibus."

„Was zum Geier ...?", flüsterte Renner.

„Er ruft den Erzengel Michael an. Das ist der Beginn eines Exorzismus", sagte Luca irritiert.

Er ist zurück", kam es aus dem Lautsprecher und die Verbindung brach ab. Als Luca erneut anrufen wollte, war die Leitung belegt.

„Ruf Arturo an, die sollen den einsammeln und aufs Revier bringen."

„Den Capellá?", rief Luca erschrocken.

„Wir haben hier keine Zeit für religiöse Befindlichkeiten."

Luca schluckte und wählte Arturos Nummer.

Durch die Windschutzscheibe konnte Renner schon in der Ferne die Hauptstadt Palma sehen, soeben hatten sie die Touristen-Stadt S'Arenal durchquert, die direkt an der türkisfarbenen Bucht von Palma lag. Die Steilküsten waren längst abgeflacht und in eine weitläufige Senke gemündet. Im Norden waren die Gebirgszüge der Serra de Tramuntera zu erahnen und die Region Raiguer flachte das zerklüftete und dicht bewaldete Gebirge langsam zur Senke ab, in der die Hauptstadt ihren Platz gefunden hatte.

„Miller!", bellte es aus dem Lautsprecher.

Luca erklärte dem Comisario das Problem, der daraufhin versprach, Mario in die Pfarrei zu schicken, um sowohl das Geburtenregister als auch Montoya abzuholen. Sie würden den Geistlichen höflich auseinandernehmen.

Renner konnte mittlerweile schon die mittelalterliche Festung Castell de Bellver erkennen, ein in Europa einzigartiges Bauwerk, das in rund hundert Metern Höhe über Palma thronte. Die Ringfestung mit den vier Türmen faszinierte ihn, irgendwann musste er sich das Stadtmuseum dort mal anschauen. Die Festung wurde im Laufe der Fahrt immer deutlicher sichtbar. Der helle Stein der Burg und die dunklen Pinien daneben gaben einen wunderbaren Kontrast ab und verliehen der Festung im noch trüben Sonnenlicht des anbrechenden Tages eine geradezu mystische Atmosphäre.

Luca fuhr die Ringstraße entlang, auf der noch vor hundert Jahren die Stadtbefestigung stand, parkte das Fahrzeug südlich der Altstadt auf einem Parkplatz unter einer Palme und stieg aus. Sie gingen vorbei an der mit Palmen und Pinien gesäumten Kathedrale La

Seu. Renner blickte nach oben zu dem riesigen Rosettenfenster, angeblich das größte gotische Fenster dieser Art; ihm kam das Fenster von Notre Dame in Paris trotzdem größer vor. Aber er konnte sich auch irren. Durch enge Gassen ging es hinein in die verwinkelte Altstadt, vorbei an stuckverzierten spanischen Gebäuden, an Häusern, die maurischen Palästen ähnelten und schließlich auf einen schlichten Renaissance-Platz, den Plaza Major. Umschlossen von einem schlichten, gelben zweistöckigen Gebäude mit grünen Fensterläden, dessen Arkaden sich schon zu dieser Uhrzeit mit neugierigen Touristen füllten. Einige Straßenkünstler hatten sich schon auf dem Platz verteilt. Überall in den Geschäften und Lokalen in den Arkaden gab es etwas zu sehen und zu stöbern. Sie wichen zuerst einer Touristengruppe aus, umrundeten dann eine der schönen, alten, schmiedeeisernen Laternen und kamen an der Adresse an, die Luca sich zum vorherigen Besitzer der Finca notiert hatte. Renner klingelte. Es schnarrte und die Tür, deren grüne Farbe schon vom Holz blätterte, öffnete sich. Er zuckte mit den Achseln und trat ein, Luca folgte ihm. Eine Stimme schallte die Treppe hinunter: „Emilio, bringen Sie gerade alles hoch, wie immer." Die beiden gingen die enge Wendeltreppe hinauf und standen schließlich vor einer offenen Wohnungstür.

„Emilio?"

„Herr Hernandez?"

Ein älterer Herr in beiger Hose und Hemd schlurfte zur Tür und fuhr sich mit zittrigen Händen durch den schlohweißen Haarkranz. „Oh, Verzeihung. Ich hielt Sie für meine Haushaltshilfe Emilio."

Luca zückte seinen Dienstausweis. „Luca Péron, Policia Local aus Cala Pi. Das ist mein deutscher Kollege Marc Renner. Wir ermitteln im Fall ..." Weiter kam Luca nicht, denn Hernandez war schon bei „Cala Pi" erbleicht und wich in seine Wohnung zurück. „Gehen Sie weg. Ich will nichts damit zu tun haben." Er warf die Tür zu und brüllte durch die geschlossene Tür hindurch: „Verschwinden Sie."

Renner hämmerte mit der Faust gegen die Tür. So langsam reichte es ihm mit den Türen, die ihm ständig vor der Nase zugeworfen wurden. „He! Herr Hernandez. Machen Sie auf, zum Teufel. Wir sind nicht zum Spaß hier, wir ermitteln in einem Mordfall."

Schweigen.

„Wir können Sie auch vorladen lassen und mit aufs Revier nehmen", blaffte Luca, obwohl er wusste, dass das ewig dauern würde. Sie warteten noch drei Minuten, dann öffnete sich zögerlich die Tür. Dahinter stand der alte Mann. Er war sichtlich bemüht seine Fassung zu wahren, aber seine Schultern hingen nach unten und sein Gesichtsausdruck war schwer zu deuten, fand Renner.

„Kommen Sie rein. Ich hatte gehofft, dass ich den Namen Cala Pi in meinem Leben nie wieder höre, aber vielleicht ist es ja zu etwas gut."

Renner bemühte sich um Zurückhaltung. Den alten Mann direkt vor sich leiden zu sehen, war etwas anderes als eine geschlossene Tür anzubrüllen.

„Herr Hernandez, entschuldigen Sie bitte meine Vehemenz, aber wir sind etwas verzweifelt. Wir haben eine vermisste Jugendliche und einen Mörder, der in unserer kleinen Gemeinde sein Unwesen treibt."

„Sie wohnen dort?"

Renner nickte auf die Frage von Hernandez.

„Herzliches Beileid, der Ort ist verflucht. Setzen Sie sich, dann erzähle ich Ihnen meine Geschichte. Aber machen Sie mich nicht dafür verantwortlich, wenn Sie hinterher umziehen wollen." Hernandez führte sie in eine kleine Küche, die eher zweckmäßig als schön eingerichtet war. Er deutete auf zwei einfache Stühle an einem schönen, alten Tisch aus hellem Holz und setzte sich selbst auf den dritten Stuhl.

„Entschuldigen Sie, wenn ich Ihnen nichts anbiete. Aber mir ist es am liebsten, wenn Sie so schnell wie möglich wieder gehen."

Renner und Luca nahmen Platz und warteten geduldig,

bis der Alte zu erzählen begann: „Es war ein schöner Sommer im Jahr 1971, wir hatten gerade zum fünften Mal in Cala Pi zwei Urlaubswochen verbracht. Da trat ein Makler an uns heran und bot uns eine sehr billige Finca aus den 40ern an. Er sagte, dass in dem Haus ein Unglück passiert sei und er es nicht an ortsansässige Käufer verkaufen könne. Und wir Städter seien ja viel zu aufgeklärt, um alberne Spukgeschichten zu glauben." Luca lauschte angestrengt und spielt mit einem Kugelschreiber. Renner musterte Hernandez, der abfällig schnaubte. „Hätte ich früher gewusst, was mich erwartet, hätte ich die Beine in die Hände genommen und wäre mit Ana davon gerannt." Hernandez rückte seinen Stuhl näher an den Tisch. „Alles begann mit dem Azteken." Luca fiel der Kugelschreiber aus der Hand.

„Wie bitte?"

„Ja, ein verdammter Azteke, der nachts auf der Veranda erschien, nichts sagte, beim Näherkommen verschwand – aber immer wieder auftauchte." Hernandez schüttelte den Kopf. „Oh, glauben Sie mir, ich habe alle möglichen Ausreden durch. Als Akademiker sieht man keine elenden Geister. Das war aber ein waschechter Geist." Renner verzog keine Miene, er glaubte kein Wort. Allerdings machte der Azteke auch ihn nervös. Luca warf ihm einen auffordernden Blick zu, doch er schüttelte nur unmerklich den Kopf. Er hielt es für keine gute Idee, den alten Mann damit zu belasten, dass auch er den Azteken gesehen hatte.

„Im Nachhinein erscheint es mir, als wollte der Azteke mich vor dem warnen, was passieren würde." Hernandez spielte mit seinem Ehering. „Als würde er mir zurufen wollen: ‚Nimm Ana und renn.'" Seine Stimme brach und Tränen sammelten sich in seinen Augen. Eine Träne rann dem alten Mann die Wange hinunter und verschwand hinter dem beigen Kragen. „Alles fing damit an, dass Ana die Wände streichen wollte. Sie lief den ganzen Tag herum und sagte, sie müsse die Wände streichen. Ich habe ihr Farbe gekauft, sie hat die Wände gestrichen. Am nächsten Tag ging das Theater von vorne los. Als ich sie nach dem dritten Anstrich entnervt anschrie, brach sie halb zusammen und erzählte mir von der Stimme."

„Eine Stimme?", fragte Renner irritiert.

„Ja, sie hörte anscheinend in Gedanken eine Stimme, die ihr in sehr deutlichem Tonfall befahl, die Wände zu streichen. Wenn sie nicht antwortete, wurde die Stimme angeblich lauter. Dann sah sie schreckliche Bilder mit Blut und Gewalt." Hernandez rang verzweifelt seine faltigen, knochigen Hände. Die Erinnerung an damals nahm den alten Mann sichtlich mit. „Ich habe sie wieder und wieder in eine Klinik geschickt. Jedes Mal kam sie lebenslustig zurück und verfiel geradezu innerhalb von Wochen. Der Wahn kam immer wieder zurück. Dann kam der Abend, an dem sie versuchte, mich zu ermorden." Mittlerweile liefen dem Mann die Tränen in Strömen hinunter.

Renner war es mittlerweile unangenehm, dass er gegen die Tür gedonnert hatte, dass er gebrüllt hatte – aber hier half nichts, sie mussten durch. Er ließ den Mann die ganze Horrorgeschichte erzählen, die er zuvor schon aus den Akten erfahren hatte. Der Mann schien das Bedürfnis zu haben, sich noch einmal alles von der Seele zu reden. Ruhig legte er Hernandez seine Hand auf den Arm, als der am Ende seiner Schilderungen war und erzählt hatte, wie er seine Frau Ana fand. „Darüber wissen wir Bescheid. Können Sie uns sagen, ob sie in den Tagen jemanden auf Ihrem Grundstück gesehen haben. Ob sich jemand auffällig verhalten hat?"

Hernandez schluchzte und versuchte sich zu beruhigen. Luca holte seinen Flachmann heraus und goss dem Mann etwas Orangenschnaps ein. Renner gestikulierte wild, er solle das Zeug wegpacken, doch Luca ignorierte ihn. Hernandez schüttelte sich, hustete und krächzte: „Lieber Himmel, was für ein fürchterliches Teufelszeug."

Luca nickte stolz. „Aber es hilft."

Wider Willen musste Hernandez lachen. Auch wenn das Grinsen schnell wieder verschwand, war der alte Mann jetzt deutlich gefasster als vorher.

„Das haben wir alles damals zu Protokoll gegeben. Welchen Sinn hat es, das jetzt noch mal durchzugehen?"

„Manchmal fällt Ihnen oder uns noch ein Detail auf, das vielleicht bis dahin noch unerwähnt geblieben ist. Außerdem höre ich gerne die Aussagen aus erster Hand. Das hat sich bewährt", erklärte Renner.

Hernandez zögerte sichtlich. „Es ist lange her." Etwas schien den alten Mann zu bedrücken. „Wir haben recht zurückgezogen gelebt. In den Wochen vor Anas Tod war der vorherige Besitzer bei uns und hat mir sehr verständnisvoll zugehört. Ein netter Mann, etwa Ende Dreißig. Hatte es aber sehr eilig, wieder wegzukommen. Da waren wie immer der junge Straßenkehrer, der … "

Renner unterbrach ihn aufgeregt. „Der vorherige Besitzer?"

„Ja, der war mehrfach da und hat mir bei Recherchen in der Bibliothek geholfen. Und mir die Legende des Azteken erklärt, der sich von der Steilküste gestürzt hat. Kennen Sie die Geschichte?"

Luca sog die Luft ein, Renner stöhnte. „Ja, ich kenne

die Geschichte." Er klopfte ungeduldig mit seinem Finger auf den Tisch. „Wissen Sie, wer das ist? Wie heißt der Vorbesitzer? Wir finden zu den Erbauern der Finca keine Unterlagen mehr."

Hernandez stand auf. „Nicht mehr auswendig, aber ich habe noch den Kaufvertrag und die Visitenkarte." Ein Kaufvertrag! Und die Visitenkarte! Endlich hatte Renner das Gefühl, dass sie eine heiße Spur hatten. Hernandez stand auf und schlurfte ins Nebenzimmer. Renner hörte, wie eine Schranktür klappte. Kurz darauf stand der Alte mit einer dünnen Mappe in der Hand wieder vor ihnen und reicht sie ihm. „Nehmen Sie es, ich bin froh, wenn ich es los bin."
Renner schlug die Mappe auf und warf einen Blick in die Unterlagen. Er stutzte, als er den Grundbucheintrag las. „Sturmbannführer Christian Heilig?" Luca stand auf und schaute ihm verdutzt über seine Schulter.

„Der Mann war in der SS und schreibt das in einen Kaufvertrag?", fragte Renner irritiert. Luca deutete auf das Datum 1975. „Wir hatten in den Nachkriegsjahren noch die faschistische Franco-Diktatur. Die endete erst 1975 mit dem Tod des Diktators. Das ist absolut nicht ungewöhnlich."

Hernandez sagte: „Das ist nicht der Vorbesitzer, sondern dessen Vater. Alexander Heilig hieß der Sohn, der Rest der Familie ist bei einem Unglück umgekommen." Luca schaute auf und wollte etwas sagen, doch Renner bedeutete ihm mit dem Finger vor den Lippen, zu schweigen.

„Okay, danke das hilft uns sehr weiter. Sie sagten noch, dass der junge Straßenkehrer bei Ihnen war?"

„Na ja, der kehrt da vermutlich heute noch. Er und der alte Vorbesitzer schienen sich zu kennen. Die haben einige Mal hitzig diskutiert, als ich aus dem Fenster geschaut habe. Ehrlich gesagt wirkte der Straßenkehrer etwas seltsam auf mich, um nicht zu sagen verrückt. Aber total harmlos. Immer sehr freundlich und hilfsbereit. Hat Ana öfter den Einkauf zur Tür getragen."

Renner horchte auf. „Hat er das schon immer getan?" Hernandez schien zu überlegen.

„Nein, jetzt wo Sie danach fragen. Erst einige Wochen vor Anas Tod. Bis zu dem Tag, an dem ..." Die Stimme des alten Mannes brach. Dann atmete er tief durch und sprach stockend weiter. „Bis.. zu dem Tag... an dem Capellá Montoya den Exorzisten aus Rom ins Haus brachte. Ab dann war der Straßenkehrer verschwunden."

Renner huototo vor Schreck „Den was? Sagten Sie gerade Exorzisten?"

Luca mischte sich ein: „1975 war ein Exorzist in Cala Pi? Davon weiß ich gar nichts."

„Sagtest du nicht, ihr hättet wegen dem Azteken mal einen Exorzisten da gehabt?"

„Ja, aber das war 1989, als ein Kind auf der Steilküste zu Tode stürzte und sein Freund behauptete, einen Azteken gesehen zu haben. Da holte Montoya einen Exorzisten. Er war nicht davon abzubringen. Faselte etwas von dunklen Mächten, die am Werke wären."

Hernandez stöhnte. „Da ist noch jemand gestorben?"

„Das war ein Unfall. Und Unfug", sagte Luca bestimmt.

„In Zusammenhang mit der Blutfinca gibt es keine Unfälle, glauben Sie mir das, junger Mann."

Luca fehlten die Worte. In dem Moment klingelte sein Smartphone. „Arturo? Einen Moment bitte!" Er deckte das Mikrofon ab. „Entschuldigen Sie mich." Renner hob die Hand und bedeutete ihm zu warten. „Ich glaube, wir haben Sie lange genug aufgehalten, Herr Hernandez." Sie erhoben sich und schüttelten dem alten Mann die Hände. Kurz bevor sie die Wohnung verließen, legte Renner seine Hand auf den Arm des alten Mannes. „Sollten wir etwas Neues erfahren, melde ich mich bei Ihnen."

Hernandez lächelte bitter. „Sie werden nur etwas erfahren, das für Sie neu ist. Ich habe abgeschlossen."

Renner ging die schmalen Stufen hinunter und blieb im Eingang stehen. „Warte, ich stell den Lautsprecher an", sagte Luca.

„Luca, der Capellá ist verschwunden. Mario hat im Geburtenregister das Familienbuch des Straßenkehrers gefunden und im Pfarrbüro ausgehändigt bekommen. Die Sekretärin sagte wörtlich ... Moment!" Der Comisario blätterte raschelnd einige Seiten um, vermutlich an seinem Notizblock. „Der Pfarrer sei in dringender Angelegenheit nach Rom gerufen worden. Wichtigtuerische Schnepfe."

„Und, wie lautet der Name von Aberran Junior?"

„Emilio Aberran de la Serra."

„Irgendein Hinweis auf die Mutter?"

„Nein, das Feld ist leer. Der Pfarrer wollte vertuschen, wer da unehelich ein Kind gezeugt hat."

Renner fasste das Ergebnis ihres Gesprächs mit Hernandez zusammen, was Arturo erheblich irritierte. „Wirklich, ein Exorzist? Und der hat am Telefon – wie nennt man das? Exorziert?"

„Völlig von der Rolle!", meinte Renner. „Irgendwas ist da doch faul mit diesem Pfarrer. Wieso legt der einfach auf und verschwindet dann?"

„Die katholische Kirche glaubt noch an Geister, vielleicht war er besorgt um seine Gemeinde", warf Luca halbherzig ein.

Renner schaute ihn scheel von der Seite an.

Luca hob die Hände abwehrend: „Ist ja gut. Alles klar, wir gehen jetzt zum Verwalter ins Krankenhaus."
Sie traten hinaus in die lebendige Altstadt von Palma, der Nachmittag hatte mit brennender Hitze eingesetzt, was die Straßen etwas geleert hatte. Renner steuerte einen Straßenhändler an, der frische Säfte anbot und besorgte sich und Luca Orangensaft, dann gingen sie durch die Gassen zurück zum Auto und machten sich auf den Weg zum Krankenhaus.

Das Krankenzimmer war schnell gefunden, leider war der Verwalter zwar gesprächig, aber nicht hilfreich. Renner und Luca standen neben seinem Bett und stellten abwechselnd Fragen. Als Renner auf den Mann mit dem schwarzen Ford zu sprechen kam, wurde Esteban unruhig: „Der war komplett irre. Hat ständig den jungen Mädchen hinterhergeschaut. Ich habe ihm dann verboten, zum Pool zu gehen, ich hatte Angst, dass er irgendeinen Mist macht. Wenn Sie mich fragen, ist das der Mörder. "

Luca fragte: „Wollen Sie uns nicht lieber mal die Frage beantworten, was Sie in diesem gefliesten Schlachterzimmer gemacht haben, statt mit dem Finger auf andere zu zeigen?"

„Geschlachtet?"

Renner seufzte. Der Mann war strohdumm, der

konnte nicht der Täter sein. Vermutlich nicht einmal der Gehilfe. Aber das war nichts Neues für ihn, er hatte den Möchtegern-Drogenbaron längst abgehakt. Eigentlich wollte er nur noch Details über den Sohn von Aberran aus ihm herauskitzeln.

Aus reiner Neugierde fragte er: „Was haben Sie da geschlachtet?"

„Bergziegen."

Er schaute zu Luca, der zustimmend nickte. „Die traditionelle spanische Bergjagd geht bei uns hauptsächlich auf Bergziegen. Wenn du mich fragst, ein saudämlicher Sport."

„Das ist doch kein Sport, ich verarbeite das Fleisch im Hotelrestaurant.", protestierte Esteban. Luca klopfte ihm auf die Schulter. „Entschuldige, ich wollte dein Wilderer-Schrägstrich-Drogenhändler-Gewissen nicht ungerecht belasten."

Renner grinste in sich hinein. „Also, was ist jetzt mit dem Irren, wie Sie ihn so schön bezeichnen . Wo ist der?"

„Keine Ahnung."

Er schaute zu Luca: „Ich glaube, wir werden den Kasper hier als Mittäter anklagen müssen, wie viel bekommt man als Serienmörder?"

„Lebenslänglich mit Sicherheitsverwahrung. Die Todesstrafe haben wir 1978 leider abgeschafft. Aber ins

Loch und Schlüssel wegwerfen geht noch."

Der Drogenhändler wurde blass. „Okay, okay. Wenn ich mir das recht überlege, dann hat der gesagt, dass er entweder bei seinem Papa oder bei Mama übernachtet."

„Und wo ist das?", hakte Renner wie beiläufig nach.

„Sein Vater ist der Straßenkehrer, den müsstet ihr doch kennen. Seine Mutter wohnt irgendwo außerhalb von Cala Pi, auf halber Strecke nach Llucmayor soll das sein. In einer Finca." Luca schüttelte den Kopf und machte Anstalten zu gehen. „Zu wenig."

„Mehr habe ich nicht", sagte Esteban genervt.

Renner stand auf, öffnete die Tür und ging hinaus, Luca folgte ihm.

„Hee, was ist denn jetzt mit der Anklage?"

„Wirst du schon abwarten müssen, wir schauen mal, ob dein Tipp was bringt!", rief Luca durch die offene Tür, dann schloss er sie mit einem satten Knall.

„Was machen wir jetzt?", fragte Renner. „Einwohnermeldeamt und Adressauskunft bringt nichts ohne Nachname."

Luca nickte. „Ich werde nachher in die Pfarrei gehen und schauen, ob die Sekretärin noch da ist. Mit etwas Glück gibt es noch einen zweiten Eintrag im Geburtenregister dieses Jahrgangs. Diesmal nur ohne Vater. Dann haben wir ihn."

Renner lachte. „Okay, ich verstehe die Logik. Einmal den Vater eintragen, einmal die Mutter."

Auf der Rückfahrt rekapitulierte Luca noch einmal: „Der Verwalter ist endgültig raus, der ist nicht fähig, sowas durchzuziehen. Bleibt uns der irre Aberran und sein Sohn. Der würde immer noch ins Profil passen, außerdem haben wir die blutige Kleidung von Lucy bei seinem Vater gefunden. Der selbst befürchtet, dass sein Zögling getötet haben könnte." Renner nickte zögernd. „Eventuell hat er seinen Sohn sogar töten sehen."

„Du wirkst aber irgendwie nicht überzeugt."

„Da sind so viele offene Fragen. Wer ist der ehemalige Eigentümer, wieso war der bei Hernandez. Und was ist das für eine Story mit dem Exorzismus? Ich habe das Gefühl, das hängt irgendwie alles zusammen. Ich finde nur den roten Faden nicht."

Luca fuhr langsam aus S'Arenal hinaus, an ein paar schmucklosen Hoteltürmen vorbei. „Kommissar Oberschlau, ich habe keine Ahnung", sagte er müde. „Ich gehe gleich zur Pfarrei, wenn ich etwas erreiche, dann rufe ich dich an. Ansonsten sehen wir uns morgen früh um 6 Uhr im Revier. Dann gehen wir gemeinsam zur Pfarrei und stellen das Geburtenregister auf den Kopf."

Die restlichen dreißig Minuten verbrachten beide schweigend, jeder hing seinen eigenen Gedanken nach.

Renner ließ sich bei seinem Restaurant absetzen und verabschiedete sich von seinem spanischen Kollegen mit den Worten: „Bis später, oder morgen!" Er stand noch auf der Terrasse, grübelte und schaute dem davonfahrenden Luca hinterher. Sein Instinkt sagte ihm, dass das Massaker an der Familie in den 40er Jahren, der angebliche Selbstmord von Ana und die jetzige Mordserie zusammenhingen. Er hatte nur absolut keine Ahnung, wie.

4. 13,5 Liter

Kirche Nostra Senyora dels Angels, Cala Pi
06. Mai, kurz vor zwei Uhr nachts

Luca stand müde im Archivraum der kleinen Kirche und schaute die Karteikarten durch. Er war gerade noch rechtzeitig gekommen. Frau Berger, die deutsche Sekretärin des Capellá, wollte gerade das Kirchentor verriegeln. Sie hatte ihn noch murrend eingelassen und ihm dann aufgetragen, alles ordentlich zu verschließen und den Schlüssel in ihren Briefkasten zu werfen. Das Licht im niedrigen Kirchenschiff war aus, nur das Licht im Büro der Sakristei brannte. Das Archiv war in einem kleinen Zimmer am Ende der Sakristei untergebracht, enthielt aber keinen Schreibtisch. Also schleppte Luca Schublade für Schublade auf den Schreibtisch in der Sakristei und durchsuchte dort das Geburtenregister. Nach knapp zwei Stunden hielt er in den Händen, was er gesucht hatte. Einen Geburtseintrag ohne Vater. „Emilio Aberran de la Serra." Bei Mutter stand eingetragen: „Maria Gomez." Und eine Adresse außerhalb von Cala Pi, in Richtung Llucmayor gelegen – vermutlich nicht direkt an der Hauptstraße. Die Ortsangabe passte zu der Beschreibung von Esteban, dem dämlichen Drogenhändler. Luca faltete die Karteikarte und steckte sie in die Hemdtasche. Gerade wollte er das Licht löschen, da kam ihm ein Geistesblitz. Wenn Alexander Heilig 1942 zum Waisen wurde, musste sich jemand des Jungens angenommen haben. Damals war es üblich, dass sich die Leute im Dorf umeinander kümmerten. Es war also sehr wahrscheinlich, dass jemand Alexander adoptiert hatte. Er suchte in den Schränken nach dem Hängeregister, welches das Inhaltsverzeichnis des Archivs enthielt. Nach zwei Minuten wurde er fündig und suchte heraus, wo die Adoptionen des Jahres 1942 untergebracht waren. Es war keine einzelne Karteikarte für 1942, es war eine Karte für ganze zehn Jahre. Auf der Karteikarte stand nur ein einziger Name. Geschrieben in der gestochen klaren Handschrift des Capellá Montoya. Luca starrte auf die Karteikarte und traute seinen Augen nicht. Er schaute noch einmal hin. Doch der Name stand immer noch da. Das war doch nicht zu fassen. Er murmelte laut den Namen vor sich hin: „Er ist es, verdammt, das gibt es doch nicht. Er ist es." Luca schüttelte den Kopf, das hätte er niemals gedacht. Aber wieso, dachte er. „Egal, Marc wird das Rätsel lösen. Das ist ja schon mehr als die Hälfte des Weges." Er klopfte auf seine Hemdtasche, wo die Adresse von Emilio Aberran steckte, und trug die

Karteikarte des adoptierten Kindes feierlich wie eine Monstranz vor sich her und durchquerte das Kirchenschiff. Als er durch das Tor ging, hörte er hinter sich Schritte. Er wollte sich schnell umdrehen, doch dann traf ihn ein harter Schlag am Hinterkopf und der Himmel begann sich um ihn zu drehen. Er sah noch, wie die eine Karteikarte in hohem Bogen aus seiner Hemdentasche fiel und fühlte, wie ihm die Karteikarte mit der Adoption aus der Hand genommen wurde. Dann verlor er das Bewusstsein.

Renner schlenderte durch die Tür hinein und blieb bei Esme am Empfang stehen. „Schlafen Sie eigentlich auch mal, Esme?"

„Nie im Dienst!", sagte die Mittfünfzigerin und zwinkerte ihm über ihre Hornbrille hinweg zu.

„Ist Luca in seinem Büro?"

„Luca? Den habe ich heute Morgen das letzte Mal gesehen!", sagte Esme verwundert. Die Tür ging auf und Maria kam herein, eine Auflaufform in der Hand.

„Maria?!", fragte Esme. „Was ist denn heute los, alle wollen zu Luca und das Schlitzohr ist nicht da."

„Er ist nicht zu Hause, da dachte ich, er macht Überstunden und wollte ihm ein Abendessen bringen? Er ist nicht hier?"

Bei Renner klingelten sämtliche Alarmglocken, die nach jahrzehntelangem Training darauf geeicht waren, in ungewöhnlichen Situationen Gefahren zu erkennen. „Hat Mario Bereitschaft?"

„Sitzt im Bereitschaftsraum und schaut eine Telenovela", sagte Esme.

„Gut, dann fahren wir Luca suchen."

Maria hielt ihn am Arm fest. „In was für Schwierigkeiten hat sich mein Brüderchen gebracht?

Ich will wissen, was hier los ist."

„Vielleicht nichts, Maria. Aber ich will auf Nummer sicher gehen."

„Ich komme mit."

„Ganz sicher nicht. Esme, Sie achten darauf, dass sie hier bleibt."

Die Sekretärin ging um den Empfangstresen herum und platzierte sich vor Maria. Die seufzte und setzte sich.

Renner ging ins Bereitschaftszimmer und holte Mario heraus, der sofort aufsprang und seine Mütze aufsetzte. „Wir fahren zur Pfarrei, Luca suchen."

Sie eilten die Treppen hinunter, Mario stieg in seinen Dienstwagen und fuhr mit Blaulicht und Sirene vorweg, Renner folgte ihm auf seiner Enduro. Mit Höchstgeschwindigkeit raste der kleine Konvoi durch das nächtliche Cala Pi. Die grellen Lichter des Blaulichts wurden von den Hauswänden zurückgeworfen und schienen auf der Straße zu tanzen. Vor der kleinen Kirche Nostra Senyora dels Angels hielten sie und parkten direkt an der Auffahrt. Mario holte eine riesige Lampe aus dem Kofferraum und ging auf das große Gittertor zu, das in der hüfthohen Gartenmauer eingelassen war. Dahinter lag die flache, weiße Kirche, die im Gegensatz zu deutschen Kirchen über kein hohes Kirchenschiff und keinen Kirchturm verfügte. Stattdessen waren auf dem Dachfirst zwei kleine Türmchen eingelassen, zwischen denen die Glocke der Kirche hing. Mario leuchtete die Umgebung vor dem Tor ab und ging darauf zu. Renner ging hinter ihm und bückte sich, als er auf dem Boden etwas Glänzendes sah. Es war Lucas Smartphone!

„Verdammt und zugenäht." Er hob es hoch und präsentierte es Mario. Der sprintete zum Wagen zurück und griff nach dem Mikrofon, um die Zentrale zu verständigen. Sobald er den Funkcode für Beamte in Not gesendet hatte, brach Chaos im Äther aus. Ohne zu zögern, lief er um das Auto herum, öffnete den Kofferraum und zog ein halbautomatisches Gewehr heraus. Renner trat zu ihm und nahm ihm wortlos das Gewehr aus der Hand. Mario nickte nur, sie verstanden sich wortlos. Der Polizist zog ein zweites Gewehr aus der Halterung im Kofferraumdeckel und lud durch. Renner folgte seinem Beispiel, dann gingen sie auf das Gittertor zu. Zufrieden registrierte er, dass Mario sorgfältig aus seiner Schusslinie blieb. Er mochte ein Dorfpolizist sein, aber ein gut ausgebildeter.

„Was ist denn hier los?", keifte eine Stimme hinter ihnen. Renner fuhr herum und richtete seine Waffe in die Richtung, aus der die Stimme kam. „Um Gottes Willen! Machen Sie das weg." Aus dem einzigen Haus weit und breit, einem roten Gebäude auf der anderen

Straßenseite, war eine Frau in einem rosa Morgenmantel gekommen, die offensichtlich nach dem Rechten sehen wollte. Sie hatte Lockenwickler im schwarzen Haaren und eine Gurkenmaske im Gesicht.

Mario kam dazu. „Das ist Frau Berger, die Sekretärin des Capellá." Der Polizist machte eine Bewegung mit seinem Gewehr. „Frau Berger, gehen Sie bitte zurück ins Haus. Das ist ein Polizeieinsatz und ich kann nicht ausschließen, dass Sie sich in Gefahr bringen. Reingehen und alle Türen und Fenster verriegeln." Die Berger nickte verstört und huschte zurück ins Haus. Mario leuchtete den Weg ab, auf dem Renner das Smartphone gefunden hatte. Er bückte sich und hob eine zerknitterte und verdreckte Karteikarte auf. Triumphierend drehte er sich zu Renner um und wedelte damit.

„Ich habe etwas."

Renner kam herüber und nahm ihm das Stück Papier aus der Hand. Darauf stand der Name Emilio Aberran de la Serra, der Name seiner Mutter Maria Gomez und deren Adresse.

„Wo ist das, Mario?" Der Polizist studierte die Adresse und sagte dann: Ich weiß, wo das ist, das ist ein paar Kilometer draußen, in Richtung Llucmayor. Eine Finca auf einer Mandelbaumplantage. Renner sicherte das halbautomatische Sturmgewehr von Star und schnallte sich die Waffe auf den Rücken. „Los Mario, wir haben keine Zeit mehr, auf Verstärkung zu warten. Sonst ist Luca tot, bis wir eintreffen, Funk den neuen Standort von unterwegs aus. Und fahre, als wäre der Teufel leibhaftig hinter dir her." Mario rannte zu seinem Auto, warf das Gewehr auf den Beifahrersitz und setzte zurück. Dann raste er die einsame Straße entlang, vorbei an den endlosen Büschen, Palmen und Oleandersträuchen, die den Weg säumten. Renner setzte den Helm auf, trat den Kickstarter und beschleunigte seine Enduro aus dem Stand auf fünfzig Kilometer pro Stunde und trieb den Tacho in wenigen Sekunden auf hundert hoch, bis er zu Mario aufgeschlossen hatte. Zwischenzeitlich hatte sich noch ein weiterer Dienstwagen der Policia Local mit Blaulicht zu ihnen gesellt, direkt dahinter raste ein Wagen der Policia Nacional – vermutlich Arturo, den Esme wohl benachrichtigt hatte. Auf der Hauptstraße schaltete Mario plötzlich Blaulicht und Sirene aus, die beiden Fahrzeuge hinter Renner folgten dem Beispiel. Er verstand, die Beamten wollten den Täter nicht vorwarnen. Das war eine Taktik, mit der er leben konnte, aber dann kam es noch mehr auf die Zeit an, sonst würde der Überraschungsmoment wirkungslos verfliegen. Sie rasten noch etwa eine Viertelstunde dahin, dann kam die Mandelbaumplantage in Sicht.

Der Wagen der Policia Nacional hatte sich hinter Renner geschoben und ließ kurz das Fernlicht aufleuchten. Offensichtlich wollte Arturo ihm etwas signalisieren, Renner ignorierte ihn. Er wusste genau, was Arturo von ihm wollte und hatte keine Lust, zu diskutieren. Er würde das hier und heute beenden. Nach Lucy würde nicht noch jemand sterben, der ihm vertraut hatte. Das wäre dann schon der dritte Mensch in seiner Laufbahn. Als wäre es gestern, stand das Geiseldrama in Wiesbaden wieder vor seinem Auge. Wie er auf den Psychologen eingeredet hatte, stürmen wollte – und der Verhandlungsführer immer weiter auf Zeit spielte. Renners Bauchgefühl hatte ihm gesagt, dass das falsch war. Und dann war der Schuss gefallen. Vor Renners innerem Auge lief alles noch einmal ab, wie in einem Film. Er sah sich aufspringen, an dem protestierenden Einsatzleiter vorbei, sah die Tür unter seinem Gewicht splittern. Er rutsche auf den Knien in den Raum, setzte nach einer Sekunde Zielen einen einzigen Schuss ab, der den Geiselnehmer, der gerade erschrocken herumfuhr, direkt in den Kopf traf. Seine Waffe fiel in Zeitlupe herunter, das Gehirn spritze gegen die weiße Wand, einzelne Tropfen trafen Renner ins Gesicht. Und so kniete er immer noch in dem Raum, als das Sondereinsatzkommando das Haus stürmte. Die Waffe im Anschlag und auf den toten Entführer, den

Blick auf das tote Mädchen in der Zimmerecke gerichtet. Er war zu spät gekommen, weil er alles nach Vorschrift gemacht hatte. Das Mädchen war tot, weil er zu feige gewesen war, eine Tür einzutreten. Dieser Tag damals hatte ihn verändert. Und er würde nicht zulassen, dass sich die Geschichte wiederholte. Erst recht nicht bei Luca. Wenig später hatten sie die Finca erreicht. Da die ganze Plantage hüfthoch von einer Natursteinmauer umgeben war, gab es keine weitere Mauer vor dem Haus. Nur einige Olivenbäume standen im Garten. Doch der Weg zur Tür war frei. Er bremste kurz ab, ließ den Motor der Maschine weiterlaufen. Hinter sich hörte er die anderen Fahrzeuge abbremsen. Arturo stieg aus und ging auf ihn zu. Renner hob entschuldigend die Hand. Dann drehte er seine Maschine hoch, ließ den Reifen durchdrehen und legte sich auf die Seite, und flog förmlich auf die Finca zu. Staub wirbelte auf, Steinchen spritzten in alle Richtungen. Renners Gedanken rasten. Wenn er recht hatte, hätten sie Luca gleich zurück. Er – durfte – nicht – versagen. Kein Blut mehr. Nicht wieder jemanden verlieren. Das Haus von Emilios Mutter tauchte groß vor ihm auf. Renner griff mit einer Hand langsam in seine Jackentasche, zog das Klappmesser hervor. Es war ihm egal, ob er mit einem Messer oder mit dem Gewehr töten würde. Und er würde töten. In der Ferne hörte er das Heulen der Sirenen und das gleichmäßige Dröhnen eines Hubschraubers. Comisario Arturo hatte wohl die gesamte Macht des Innenministeriums heraufbeschworen. Egal. Er würde nicht warten. Nie wieder. Das Motorrad schoss auf den Hof. Renner bremste nicht ab, der Motor heulte auf, die Enduro erhob sich mit dem Vorderrad in die Luft und zertrümmerte mit einem donnernden Krachen die Holztür. Ein Schemen huschte durch den Raum. Renner schlitterte mit schräggelegter Maschine in den Raum, schob einen Tisch vor sich her, steuerte geschickt die Reifen nach vorne. Der Mann, der gerade quer durch den Raum gehechtet war, wurde von den Reifen erwischt, Renner fing die Wucht des Aufpralls ab und stand keine Sekunde später auf den Beinen. Die Polizei war immer noch nicht da. Gut. Er ging mit schnellen Schritten auf den am Boden liegenden Mann zu. Schaute ihn sich an und stutzte. Das war Emilio Aberran, der Sohn des Straßenkehrers? Hier stimmte was nicht, dachte er. Zu jung, passt nicht ins Profil, höchstens neunzehn. Der Junge zuckte, Renner sah eine Pistole in seiner Hand und sprang mit einem Fuß vor. Die Hand des jungen Mannes brach knackend, als sie zwischen Waffe und Renners Absatz geriet. Der am Boden liegende Mann heulte auf. Renner packte ihn an den Haaren und zog ihn mitten in den Raum. Trat zu.

Beugte sich hinunter. „Wo ist Luca, du Abschaum?"
Der Mann schüttelte den Kopf, wollte etwas sagen. Es
kam nur Gewimmer heraus. „Wo. Ist. Luca." Jedem
Wort folgte ein Tritt. Der Mann deutete auf einen
Teppich. Renner ließ den Mann los, ging zum Teppich
und zog ihn weg. Da war eine Luke. Er schaute zu
Emilio Aberran, dem Sohn des verfluchten
Straßenkehrers. Der Mann war endgültig bewusstlos.
Der würde nicht so schnell wieder aufwachen.
Dennoch musste er sich beeilen. Also hieß es jetzt:
Runter zu Luca, dann wieder hoch. Dann ein Stich ins
Herz, ein Messer platziert. Fertig. Ein Dreckschwein
weniger. Renner riss die Luke auf und sprintete eine
Treppe hinunter. Als er unten ankam, suchte er den
Lichtschalter. Und erstarrte. In der Mitte des Raumes
stand ein hölzernes Kreuz mit eisernen Ringen an
jedem Ende. Daran war ein geschundener Körper
festgebunden. Ein junges Mädchen: Jacky Pickler! Ein
Teil von ihm war froh, dass es nicht Luca war, der dort
vor ihm hing, der andere fluchte und drohte in Tränen
auszubrechen, weil es nicht Luca war. Er zögerte nur
wenige Sekunden.

Als die Sondereinheit das Haus stürmte, saß ein
erschöpfter Renner mit nacktem Oberkörper auf der
Treppe. Er hatte das Opfer in seine Jacke gewickelt und
hielt das verängstigte, junge Mädchen fest im Arm. Es

weinte und schüttelte sich. Renner rührte sich nicht. Ein Sanitäter musste seine Hände, die sich an dem Mädchen festgekrallt hatten, mit Gewalt lösen. Sie wickelten eine Decke um sie und gaben Renner seine Jacke zurück. Er ließ sie achtlos fallen, der rostige Schlüssel in der Jackentasche klapperte laut, als das Kleidungsstück auf den Boden fiel. Dann brachten die Sanitäter das Mädchen nach draußen. Renners Schulter zuckten. Er stieß mit dem Fuß an sein Messer, das aufgeklappt am Boden lag. Arturo kam in diesem Moment dazu, sah die verbotene Waffe, hob sie auf und steckte sie kommentarlos ein. Dann zog er einen Flachmann aus einer Tasche an seinem Tarnanzug und bot Renner wortlos einen Schluck an. „Die Eltern von Jacky sind benachrichtigt, die Picklers kommen direkt ins Krankenhaus." Etwas in Renner zerbrach. Es war alles umsonst. Die Spur verlief ins Leere, sie hatten das Mädchen gefunden, aber nicht Luca. Er leerte die Flasche, ließ sie fallen, sammelte seine Jacke ein und ging die Treppe hinauf. Er bezweifelte plötzlich, dass Emilio der Mörder war. Ein widerlicher Vergewaltiger, ja. Aber nicht zwingend ein Mörder. Die Spur war kalt und erloschen. Sowohl die Spur zu Luca, als auch die Spur zu Lucys Mörder. Verzweiflung packte ihn. Er musste hier weg, nur raus. Und er ging. Hinaus zur Tür, vorbei an den Absperrungen. Er hörte, wie ein

Uniformierter ihm etwas hinterher brüllte, sah noch aus dem Augenwinkel, wie Arturo auf den Mann einredete. Dann stieg Renner auf seine Enduro und verschwand in der Dunkelheit.

Er saß hinter dem Turm und schaute über die Bucht hinaus, das Wasser wechselte die Farbe langsam von einem tiefdunklen Blau zu einem hellen Türkis, je höher die Sonne stieg und das Meer in Licht tauchte. Renners Stimmung hingegen hellte sich nicht auf, sie verdüsterte sich von Minute zu Minute. Mittlerweile war er beim zweiten Bier und versank fast in Selbstmitleid und Selbstanklage. Er war müde, gereizt und depressiv. Sein Blick wanderte über das Wasser hinüber, zum anderen Ufer. Um ein Haar hätte er sich verschluckt. Er spuckte im hohen Bogen das Bier aus, das er gerade im Mund hatte. Da stand dieser verfluchte Dreckskerl wieder auf dem Felsen vor der Steilküste. Renner schrie etwas hinüber, schwang seine Bierflasche und warf sie wütend in die Bucht, in die Richtung des Azteken. „Verfluchter Drecksgeist, scher dich zur Hölle. Wo du hingehörst." Der Azteke schien von dem Felsen an Land zu gleiten und bewegte sich schnell in die Richtung der Blutfinca. „Ja, geh heim, Drecksack." Plötzlich hielt Renner inne, etwas drängte sich durch sein vom Alkohol vernebeltes Gehirn. Dort stand noch jemand, mit einer Laterne in der Hand. Wer immer das auch war, er stand alleine im Zwielicht des anbrechenden Tages vor der Finca und schwenkte eine gottverdammte Scheißlaterne, dachte Renner irritiert. Er suchte im Gebüsch nach dem Fernglas, das er dort vor einiger Zeit deponiert hatte. Setzte es an die Augen, schaute hindurch. Und traute seinen Augen nicht. Dort stand Maria, Lucas Schwester. In der Lederkluft ihres Museumsazteken, das Gesicht mit rotbrauner Kriegsbemalung versehen, tanzte sie in rhythmischen und grazilen Bewegungen vor der Finca auf und ab. Was zum Teufel macht sie da? Noch während er starr vor Irritation auf Marias Treiben schaute, bemerkte er eine Bewegung am Rand des Erfassungsbereiches des Fernglases. Ein weißer Van tauchte auf, bremste vor der Finca. Zwei Männer stiegen aus und sprachen Maria an. Die unterbrach anscheinend ihren Kriegstanz, oder Geisterbeschwörung, oder was auch immer das ein sollte, was sie da trieb, und sprach ganz offenbar mit den Männern. Zumindest den einen schien sie zu kennen. Renner drückte das Glas fester an seine Augen und verfolgte, wie sich Marias Gestik veränderte, sie schien den Mann anzuschreien. Plötzlich kam der zweite Mann und zog ihr einen Sack über den Kopf, dann lud er sich die zappelnde Maria auf die Schulter, trug sie zum Van und warf sie auf die Rückbank. Renner schmeckte Adrenalin und musste sich zwingen, nicht sofort loszufahren. Nur noch eine Sekunde. Er konnte im Licht der Fahrzeuginnenbeleuchtung einen Blick auf die beiden Männer erhaschen. Beide mussten um die siebzig sein, schienen aber noch verblüffend gut in Form zu sein. Einer trug eine schwarze Priestersoutane, der andere eine braune Mönchskutte. Als der Van anfuhr, konnte er die Beschriftung auf der Rückseite lesen: „Nostra Senyora dels Angels". Er fuhr sich verblüfft über die Augen. „Ja, ich werd nicht mehr. Der Herr Pfarrer, was läuft denn jetzt für ein Film ab." Er rannte ins Restaurant, schnappte sich das Sturmgewehr, das er mitgenommen hatte, rannte zum Motorrad, sprang auf den Sitz und trat den Kickstarter durch. Er legte seinen Daumen direkt auf den Knopf der Hupe und fuhr wild hupend durch Cala Pi. Erst als er auf der Straße zur Kirche, der Carrer d'Albéniz, angelangt war, hörte er auf zu hupen. Er löschte das Licht und ließ die Maschine die letzten hundert Meter langsam ausrollen. Er griff in seine Jackentasche und wählte den Notruf. Esme meldete sich mit leicht übermüdeter Stimme. „Renner hier, Esme. Sagen sie Arturo, ich brauche ihn an der Kirche. Gerade hat der Capellá Maria entführt und in die Kirche gebracht. Ich gehe jetzt rein. Er soll nachkommen." Ohne auf eine Antwort zu warten, legte er auf, nahm das Gewehr in seine Hand und ging langsam über die Straße. Das Gebäude war zu groß, um hier mit dem Motorrad einfach durch die Tür zu rasen. Und außerdem war da noch das Gittertor. Hier war behutsames Vorgehen gefragt. Er eilte mit dem Gewehr im Anschlag auf die Kirche zu, setzte mit Schwung über die hüfthohe Mauer und verharrte danach kurz geduckt im Hof der Kirche. Dann ging er einmal um das Gebäude herum und suchte einen Nebeneingang. Bei der Sakristei wurde er fündig – und tatsächlich: Die Tür war unverschlossen. Er öffnete sie einen Spalt und schaute in das Kirchenschiff hinein. Die Szene, die sich im darbot, hätte genauso aus dem tiefsten Mittelalter stammen können. Vor dem Altar lag Maria auf dem Boden, auf einem großen hölzernen Kreuz festgeschnallt. Um sie herum waren große Kandelaber aufgestellt, auf denen riesige Kerzen brannten und den Raum mit unheilvollem Licht erfüllten. Die Kirchenbänke warfen lange Schatten in den Raum und auf dem Alter tanzte der Schatten des Exorzisten, der vor Maria auf und ab ging. Er spritzte aus einem kleinen Messingkessel Weihwasser auf sie und rezitierte die Allerheiligenlitanei. Der Beginn des großen Exorzismus. „Ihr Patriachen und Propheten!" Der zweite Mann fiel mit ein: „Bittet für uns." Dann wieder der Mönch: „Heiliger Petrus." Und der Capellá: „Bitte für uns."

„Heiliger Paulus."

„Bitte für uns."

„Heiliger Andreas."

„Bitte für uns."

Renner öffnete die Tür, richtete sein Gewehr auf die beiden Geistlichen und sagte grimmig: „Sie sollten Ihre Heiligen bitten, dass Luca und seiner Schwester nichts passiert ist. Sonst sehen Sie Ihren Gott schneller, als Ihnen lieb ist." Die beiden erstarrten förmlich und hoben zögernd die Hände. „Mein Sohn, Sie unterliegen einem Irrtum. Wir tun hier nur Gottes Werk", sagte der Mann in der Mönchskutte.

„Gottes Werk und Teufels Beitrag. Das hier scheint mir eher Teufels Beitrag zu sein. Und keiner von euch ist Dr. Larch."

Verwirrt sahen ihn beide an. „Wie bitte?"

„Oh, verdammt, kann sich irgendjemand in diesem Land Filmtitel merken?" Renner scheuchte beide mit seinem Gewehr von Maria weg. „Gottes Werk also. Aha." Renner löste mit einer Hand Marias Handfesseln am Kreuz. „Und nach welchem Ritus? Rituale Romanum von 1614? Ich glaube kaum, dass die heilige Kongregation für die Gottesdienst- und Sakramentenordnung Ihre Vorgehensweise gut heißen würde." Renner löste die Fußfesseln. „Oder haben Sie den Auflagen entsprechend alle ärztlichen Gutachten eingeholt, um Geisteskrankheiten auszuschließen, wie es die Auflagen von 1999 erfordern."

„Sie sind gut informiert", sagte Montoya zögernd. „Aber ein wahrer Exorzist muss manchmal gegen die Auflagen verstoßen, im Kampf gegen das Böse."

„Ja, das sagte der Exorzist auch, den ich in Deutschland wegen Mordes eingesperrt hatte. Drei Tage Exorzismus-Folter, dann starb die Frau an Entkräftung."

„Aber befreit!"

„Reizen Sie mich nicht, Sie verdammter Scharlatan, reizen Sie mich nicht. Mein Finger ist direkt am Abzug. Wenn ich den auf diese Entfernung durchziehe, dann schrubbt Ihre Sekretärin noch nächste Woche Ihre Gehirnreste aus den Mauerfugen hinter Ihnen."

Erschrocken klappte Montoya den Mund zu.

„So, wo ist Luca Péron. Wenn der nicht gleich wohlbehalten und unversehrt hier auftaucht, dann sind wir ebenfalls bei den Gehirnresten in den Mauerfugen."

Montoya hob vorsichtig die Hand. „Wir haben Luca nicht geholt. Wir wollen nur den Teufel aus dieser armen Seele austreiben. Mehr nicht. Der Teufel in Form eines Aztekengeistes."

Renner stöhnte. „Seid Ihr eigentlich alle bescheuert? Es gibt keine verdammten Geister und einen Teufel gibt es auch nicht, wenn Ihr mich fragt." Er schaute zu Maria, die langsam zu sich kam und sich von dem

Kreuz am Boden erhob. Für eine Millisekunde fragte sich Renner, ob er wirklich recht hatte und es keine Geister gab. Dann gewann die Rationalität wieder die Oberhand.

„Wir haben den Azteken über die Jahrzehnte schon vier Mal ausgetrieben. Er kommt immer wieder, aber wir sind standhaft."

Renner starrte den Capellá an. Es ratterte in seinem Kopf. „Vier Mal sagten Sie? Lassen Sie mich raten: 1942, 1975, 1989 als das Kind die Steilküsten hinunterstürzte und wann war das vierte Mal?"

Montoya nickte und zählte auf: 1941 haben wir Christian Heilig befreit, 1942 dann Alexander Heilig, 1989 das Kind und schließlich 1975, das vierte Mal, Ana Hernandez.

Renner wurde schlecht, ihm drehte sich der Magen um. Die beiden Fanatiker hatten durch ihre archaischen Rituale Menschen gebrochen und in den Wahnsinn getrieben. Damit waren sie indirekt für die Morde verantwortlich. Wie intelligente, erwachsene Menschen so verblendet sein konnten, war ihm unklar.

„Hör auf, mit dem Teufel zu sprechen. Der steckt mit Alexander Heilig unter einer Decke", zischte der Mönch dem Capellá zu.

„Wie bitte? Wie zum Teufel kommen Sie darauf, dass ich Alexander Heilig kennen könnte?"

Montoya spuckte vor ihm aus. „Und er wird kommen und mit falschen Zungen reden."

Renner stieß ihm den Gewehrlauf in den Magen, der Priester sank auf die Knie und stöhnte. Maria hatte sich zwischenzeitlich erhoben und saß zusammengekrümmt auf einer Kirchenbank.

„Was zum Teufel redet er da?"

„Schweig, Bruder!", schrie der Mönch Montoya an.

Maria hatte sich mittlerweile etwas erholt, stand von der Bank auf und schwankte zu ihm. „Luca, wir müssen ihn da rausholen. Aus den Fängen des Konquistadoren."

„Maria, du bist verwirrt und dehydriert."

Sie schlug ihn mit der flachen Hand ins Gesicht. „Ist das verwirrt genug?"

Renner sagte nichts und verzog keine Miene. Er beschloss, die Ohrfeige zu ignorieren.

„Luca ist in der Finca!"

Renner starrte sie an: „Bist du sicher? Woher willst du das wissen?"

„Ich habe ihn gesehen."

Er sprang auf und herrschte die beiden Pfarrer an: „Auf die Knie, Hände auf den Rücken." Er riss dem Mönch das Seil von der Soutane und fesselte ihm seine Hände auf den Rücken. Dann schnappte er sich eine Vorhangschnur und fesselte Montoya ebenfalls.

„Okay, Maria, jetzt ganz langsam. Was hast du gesehen und wo hast du es gesehen?", fragte er, während er sie an die Hand nahm und mit nach draußen zog.

„Luca ist in der Finca, jemand hat ihn da reingeschleppt."

Renner beschloss, alles auf eine Karte zu setzen: Er musste davon ausgehen, dass sie wusste, wovon sie sprach. „Komm mit." Er stieg auf seine Enduro und wartete, bis Maria hinter ihm Platz genommen hatte. Kurz bevor er den Motor startete, holte er sein Smartphone heraus und wählte erneut den Notruf. „Esme? In der Kirche liegen zwei verschnürte Geistliche, die hatten Maria in ihrer Gewalt und haben sie gefoltert. Arturo soll die Dreckskerle einsammeln lassen. Und er soll zur Finca kommen, Luca scheint dort zu sein." Renner stopfte das Telefon in seine Hosentasche und gab Gas. Jetzt kam es auf jede Sekunde an, jeder Moment, der ungenutzt verstrich, war eine Gelegenheit für den Killer.

Sie rasten durch den Ort, wild hupend über die Plaza hinweg, wobei Fußgänger mit Strandmatten und Luftmatratzen fluchend und schimpfend auf die Seite sprangen und ihm mit den Fäusten drohten. Er bog ab und raste auf die Finca zu, er stoppte gar nicht, sondern fuhr das Gartentor gleich entzwei und bremste erst dicht vor der Tür. Maria sprang ab, Renner tat es ihr gleich. Noch im Gehen zog er das Gewehr vom Rücken und trat wenige Sekunden später die Tür mit roher Gewalt ein. Maria folgte dicht hinter ihm. „Luucaa!", schrie sie. Aus dem Inneren des Hauses schallte als Antwort ein Schrei, der Renner das Blut in den Adern gefrieren ließ. Er hatte noch nie einen Menschen so schreien gehört. Er rannte hinein und bedeutete Maria, sie solle dicht bei ihm bleiben. In weniger als einer Minute waren sie durch alle Zimmer gerannt, hatten aber Luca nirgends entdecken können. Da ertönte wieder der grässliche Schrei. Es war Luca, ganz eindeutig.

„Verdammt, er ist es." Er griff sich an den Kopf. „Was mache ich, was mache ich … Ein Keller. Hier muss es einen Keller geben!"

Maria hielt ihn fest, als er raus wollte. „Da ist kein Keller, ich habe gesucht."

Renner stöhnte innerlich auf. Er lief hin und her wie ein unruhiges Tier. Der nächste Schrei ertönte und brach diesmal mittendrin ab. Verdammt! Wo war Luca? Renner stand an einer Wand, lehnte den Kopf dagegen und schlug voller Frust den Kopf gegen den Stein. Es dröhnte dumpf. Er schaute auf und ein Gedanke durchzuckte ihn. „Was wäre, wenn …?" Er schlug mit dem Gewehrkolben auf die Wand ein, der Schlag hallte dröhnend durch das Mauerwerk. „Maria, folge mir",

242

befahl er und schritt rasend schnell die Länge und die Querseite des Flurs ab. Dann rechnete er kurz. „Verdammt, wieso ist mir das nicht schon früher aufgefallen? Ich weiß, wo die Blutfinca ist!" Er sah Maria an.

„Das ist sie doch?", rief sie verwirrt.

„Nein, Maria. Die Blutfinca ist Jahrhunderte alt. Dieses Haus hier ist keine hundert Jahre alt." Er deutete auf die Wand. „Dahinter ist die Blutfinca. Sie ist eingemauert, versteckt. Die Abmessungen des Hauses stimmen nicht mit den Fluren überein, die verstecken hier ein Zimmer im Inneren. Oder eine ganze Finca." Wie verrückt klopfte Renner die Wand vor ihm ab, bis es wieder dumpf dröhnte. Dann schlug er mit Gewalt den Gewehrkolben gegen die Wand und diesmal hatte er Erfolg. Ich der Wand prangte ein Loch. So schnell er konnte, schlug er den Gipskarton weg und fegte ein paar verdeckte Scharniere weg, die vermutlich für die Öffnung der hier versteckten Geheimtür zuständig waren. Dahinter offenbarte sich eine massive, alte Holztür mit rostigen Eisenbeschlägen. Renner warf sich mit voller Wucht dagegen, doch das Tor wackelte nicht einmal. Er hätte stattdessen mit der Tür auch kuscheln können. Die Stille machte ihn nervös, ihm wäre lieber gewesen, Luca würde weiterschreien. „Maria, hilf mir!" Die junge Frau rammte ihren zierlichen Körper, so fest sie konnte, gegen die Tür. Plötzlich schien es Renner, als würde sich noch jemand gegen die Türe werfen. Für den Bruchteil einer Sekunde sah er einen dritten Umriss neben Maria. Das Holz ächzte laut, bewegte sich aber keinen Millimeter. Etwas heulte vor Wut auf. Renner standen die Haare zu Berge und er zwang sich dazu, sich auf Luca zu konzentrieren. Atmete tief durch und suchte in seiner Jackentasche nach seinem Smartphone, da stießen seine Finger auf etwas, das er längst vergessen hatte. Der rostige, alte Schlüssel mit dem verwinkelten Bart. Wie in Trance nahm er ihn heraus und stieß ihn in das Schloss. Knirschend drehte sich der Schlüssel um. Die Tür sprang auf und um Renner geriet die Luft in Wallung. Ein unwirkliches Kreischen und Heulen setzte ein und er spürte etwas, dass sich anfühlte wie ein kalter Luftzug. Dann begann eine ohrenbetäubende Kakophonie. Maria stand hinter ihm und drückte sich die Hände auf die Ohren. „Sie kämpfen, der Azteke will den Konquistador endlich vernichten." Renner ignorierte sie, ignorierte den Lärm. Jetzt war keine Zeit für Unfug. Seine Augen gewöhnten sich langsam an das Dämmerlicht in dem Raum, der aus grob gemauerten Natursteinen errichtet war. In der Mitte hing ein Mann kopfüber an einem Deckenbalken. Renner stockte der Atem, als er seinen Freund und Kollegen erkannte. Davor stand ein alter Mann mit einem Messer in der Hand. Der alte Mann krümmte sich und seine Hände zitterten. Das Geräusch schien ihm Angst zu machen. Er drehte sich um. Und Renner starrte entsetzt auf das bekannte Gesicht. Seine Welt begann sich zu drehen, rund um seinen Koch Santos, der mit entrücktem Gesichtsausdruck und einem Messer in der Hand vor Luca stand. Die Puzzleteile fielen in seinem Kopf lautstark auf ihre Plätze. Santos war Alexander Heilig, der Sohn des Erbauers der Blutfinca. „Wieso, Santos? Wieso?" Er riss Santos ohne Gegenwehr das Messer aus der Hand. Erschüttert ließ Renner das Messer fallen. Er konnte es nicht fassen, sein freundlicher, gutmütiger Koch war ein Serienmörder. Er hatte ihn die ganze Zeit direkt vor der Nase gehabt. Wie hatte er das übersehen können? Wie hatte dieser Mann ihn so lange an der Nase herumführen können? Wut packte ihn. Er schrie ihn an: „Wieso?" Santos hob die Zinkwanne hoch und hob einen blutverschmierten Pinsel.

„Ich musste doch die Wände streichen, Marc. Oh, ja, der Herr wollte, dass ich die Wände streiche. Oh, ja."

Renner lief ein kalter Schauer den Rücken runter, als or die schrille Stimme des alten Kochs hörte. Sein Angestellter rezitierte das gleiche Mantra wie die Frau von Hernandez. Er schaute auf den blutverschmierten Pinsel und dann auf die rot-braunen Wände. Dann auf die Zinkwanne unter Luca und er begriff. Santos, nein, Alexander Heilig, verbesserte er sich in Gedanken, hatte seine Opfer ausbluten lassen, um die Wände mit Blut zu streichen. Angewidert betrachtete er die Wände. Maria würgte neben ihm, auch sie hatte begriffen. „Warum?", wiederholte Renner immer noch irritiert.

„Der Herr stirbt, wenn die Farbe nicht erneuert wird!", wimmerte Santos mit hängenden Schultern.

„Was!?"

Maria flüsterte: „Es gibt Religionen, die glauben, dass die Seele eines Menschen im Blut steckt. Demnach steckt die Seele des Konquistadoren in den Wänden der Blutfinca. Und immer wenn die Farbe verblasst und er droht zu sterben, muss ein armes Opfer die Farbe erneuern."

Renner fluchte, er packte sie bei den Schultern, schüttelte sie und brüllte: „Hör auf mit dem Unfug, bringen wir Luca raus." Er band ihn los und Luca rutschte vom Balken. Maria versuchte zu helfen, aber sie war einfach zu schwach, um ihren deutlich größeren und schwereren Bruder mitzutragen. Renner warf einen Blick auf Santos, der noch immer mit entrücktem Blick auf seinen Pinsel starrte. „Pack mit an und trage ihn raus!", herrschte er ihn an. Willenlos gehorchte der Killer und trug wimmernd sein ehemaliges Opfer hinaus. „Der Herr wird sehr böse sein", nuschelte er beim Hinausgehen.

Renner reichte Maria sein Gewehr und befahl ihr, Santos im Blick zu behalten, und packte mit an. Santos war gebrochen, da war er sich sicher. Er schien keine Gefahr mehr darzustellen. „Los jetzt!", befahl er barsch und trieb seinen ehemaligen Koch vor sich her, während das Geheul der Polizeisirenen immer lauter wurde. Draußen fuhren ein paar Polizeifahrzeuge vor, das Blaulicht blitzte in regelmäßigen Abständen durch die Fenster herein. Beamte sprangen heraus und kamen auf ihn zugerannt. „Das ist der Killer, nehmt ihn fest", rief er ohne zu zögern. Dabei deutete er auf Santos. Er spürte wieder den Zorn in sich heraufsteigen, was er gar nicht verstehen konnte. Eigentlich konnte er zufrieden sein. Doch der Zorn wurde immer größer. Renner begann, sich zu verlieren in der rotglühenden Welle, die sein Gemüt erreichte. Und plötzlich hörte er eine Stimme: „Streich die Wände." Es reichte ihm. Die ganze Scheiße reichte ihm, bis zur Oberkante Unterlippe. Er drehte sich um und ging in die Küche.

Wenige Minuten später trieben Rauchschwaden und der Geruch von Feuer durch die Luft. Als Renner das Haus verließ, begannen Beamte um ihn herum plötzlich zu schreien. Hinter ihm leckten Flammen aus den Fenstern, eine Feuersbrunst tobte durch das Haus und griff in rasender Geschwindigkeit um sich. Maria stand neben dem Streifenwagen, in dem Santos saß und schaute dabei zu, wie die Sanitäter ihren Bruder auf dem Boden verarzteten. „Kommt er wieder in Ordnung?", fragte Renner müde und erschöpft.

Sie nickte. „Ein paar Stiche und er ist zumindest äußerlich wieder der Alte. Bis die neuen Narben auf seiner Seele heilen, wird es etwas länger dauern."

„Neue Narben, sagst du?"

„Hast du dich nie gefragt, wieso er dich so schnell und rückhaltlos unterstützt hat?"

„Ich dachte, das läge an seiner guten Menschenkenntnis."

Maria lachte trocken.

„Nein, lieber Kommissar Oberschlau. Luca ist dir sehr ähnlich, er hat Barcelona verlassen, als er seine Partnerin bei einer Geiselnahme verloren hat. Sie waren fünf Jahre lang ein Paar und wollten heiraten."

Renner schwieg und schaute zu Luca herüber.

Dann spürte er, wie Maria seine Hände anhob und zu ihrem Gesicht führte. Sie küsste seine Hände und sagte leise: „Danke."

Er zog die Hände weg und sah sie an. Was für eine verrückte Frau, dachte er bei sich. Aber er mochte sie. Maria sagte mit einem leichten Lächeln: „Und wasch dir das Benzin ab von den Händen."

Epilog

Renners Restaurant
Eine Woche später. 12. Mai 2017, am frühen Abend

Luca rieb sich den Kopf. „Verdammt, ist das verzwickt." Renner nickte und grummelte: „Gib mir mal die Paprika herüber." Beide standen in der Küche und kochten ein Tumbet. Nachdem er keinen mallorquinischen Koch mehr hatte, musste er selbst Hand anlegen und ein paar Gerichte lernen. Luca unterrichtete ihn. Gleichzeitig versuchte Renner, seinem Freund das letzte Kapitel der Geschichte um die Blutfinca zu erklären, das Luca verpasst hatte. Er zerdrückte jede Menge Knoblauch in einer gusseisernen Pfanne. Luca schaut ihm zu. „So ist es richtig. Und nach jeder Lage erneuern, den Knoblauch." Tumbet war ein geschichtetes Auflaufgericht, bestehend aus gebratenen Kartoffeln, Gemüse und jeder Menge Knoblauch. Renner legte die Kartoffelscheiben in die Pfanne, briet sie knusprig und fuhr fort zu erzählen. Santos heißt eigentlich Alexander Heilig und ist zusammen mit Aberran, dem Freund seiner toten Schwester, der einzige Überlebende des Massakers von Cala Pi. Vermutlich litt der Vater an einer Art paranoider Schizophrenie, durch die er Stimmen hörte. Capellá Montoya und der Mönch aus dem Kloster haben damals schon einen Exorzismus mit dem Vater durchgeführt und seinen Geist gebrochen. Dann haben sie bei dem traumatisierten Kind von Christian Heilig auch noch einen Exorzismus durchgeführt. Im Nachhinein haben sie versucht, alles zu vertuschen, belastende Angaben aus der alten Akte entfernt. Montoyas Schwager, euer alter Polizeichef Pepe muss ihm wohl dabei geholfen haben. Als Hernandez nach Cala Pi zog, haben sie dessen kranke Frau für eine erneute Manifestation des Azteken gehalten und sie auch einem Exorzismus unterzogen. Einen Tag später ist sie durchgedreht und hat versucht, Hernandez zu töten. Montoya und der Mönch sind jetzt in Rom, sie müssen sich vor der Glaubenskongregation verantworten und werden vor Gericht gestellt.

Luca schaute Renner zu, wie er Auberginen und Tomaten in Scheiben schnitt. „Okay, etwas dicker dürfen die Scheiben sein."

Er lachte und hob eine Tomatenscheibe hoch. „So richtig?"

Luca nickte. „Und jetzt den frischen Knoblauch in die Pfanne. Dann die Auberginen." Renner briet die Auberginen und die Zucchini und schichtete sie dann in die Greixonera. Dann folgten die Tomaten. „Ganz vorsichtig, nur kurz in die Pfanne und dann samt der ausgetretenen Soße als Krönung oben drauf legen. Jetzt noch mit Salz und Pfeffer würzen und dann in den vorgewärmten Ofen, damit das Tumbet ordentlich durchziehen kann." Sprachs und schob die mallorquinische Auflaufform in den Ofen.

„Was ist mit Aberran und seinem Sohn?"

„Der Alte hat eigentlich nichts gemacht. Er hat die blutigen Kleider gefunden, irrtümlich seinen durchgeknallten Sohn für den Mörder gehalten und wollte ihn decken." Renner kratzte sich am Hinterkopf. „Er ist nur hier aufgetaucht, weil er von Santos eine Entschädigung für das erlebte Elend wollte. Leider war Santos pleite und konnte ihm nichts zahlen", fuhr Renner fort, legte eine Schweinelende in die Pfanne und briet sie langsam in Gänseschmalz an. Dann drückte er Luca die Pfanne in die Hand, nahm das Tumbet aus dem Ofen und ging mit seinem Freund in das Hinterzimmer, in dem alle versammelt waren.

Renner stand später am Abend neben dem Turm, ein Glas Champagner in der Hand. Alles an diesem Abend erinnerte ihn an Lucy. Die Sonne ging auf dieselbe farbenprächtige Weise unter, wie an dem Tag, an dem er sie kennenlernte. Das Leben war nicht gerecht. Da hatte er nach Jahren jemanden gefunden, dem er wieder näher kommen wollte, vielleicht sogar jemand, den er lieben konnte – und das Schicksal entriss sie ihm einfach wieder. Er spürte eine Befriedigung in sich aufsteigen, dass er den Mörder gefasst hatte, gleichzeitig aber immer noch Ärger über sich selbst, weil Santos all die Wochen direkt unter seiner Nase sein widerliches Werk trieb. Ohne dass er es bemerkt hatte. Er schüttelte den negativen Gedanken ab und konzentrierte sich wieder auf Lucy. Er hob sein Glas, die Strahlen der untergehenden Sonne funkelten golden in der Flüssigkeit und er sagte leise: „Auf dich Lucy, auf das, was hätte sein können." Und plötzlich konnte er sie riechen, als ob sie neben ihm stehen würde. Er schluckte und ging zurück ins Restaurant, wo seine Freunde auf ihn warteten.

Während Renner über die Straße lief und außer Sichtweite verschwand, löste sich ein verschwommener Schatten vom Felsen der gegenüberliegenden Steilküste und wanderte zu der abgebrannten Finca, deren Glut immer noch leise vor sich hin schwelte. Neben den verkohlten Olivenbäumen verharrte der Schatten und beobachtete, wie ein kleiner, ascheverschmierter Sprössling sich seinen Weg ans Licht bahnte, wie ein Bote aus der Tiefe der Hölle.

Titelvorschau

Der nächste Mallorca-Thriller mit Marc Renner erscheint voraussichtlich im Mai 2019 unter dem Titel „Der Blutbaum".

Mehr Informationen zum Autor und zur Buchreihe um Ex-Profiler Marc Renner auf der Verlagswebsite www.epyllion.de

Halt! Noch nicht gehen!

Hallo lieber Leser, liebe Leserin!

Schön, dass du auf der vorletzten Seite angekommen bist. Ich darf dich doch duzen? Immerhin kennen wir uns jetzt schon rund 250 Seiten lang ...

Ich weiß, du hast es eilig. Das nächste Buch wartet schon.

Aber bevor du in die nächste Welt zwischen zwei Buchdeckeln weiterziehst, möchte ich dich mit einer irrsinnigen Funktion deines Buchhändlers im Netz bekannt machen: die Rezension.

Die hilft anderen Lesern zu erkennen, wie toll dieses Buch ist. Und dass sie es unbedingt lesen müssen. Also, entdecke den Menschenfreund in dir und rezensiere.

Wenn du eine Antwort auf deine Rezension willst, schick sie mir gerne per Mail: jorge@epyllion.de

Bis zum nächsten Jahr, in Renners Restaurant!

Dein Jorge de la Piscina

Danksagung

Vielen Dank an meine unermüdliche Lektorin Nicole Zöllner, die Renner auf seiner Reise begleitet hat und seinen Eigenheiten ertragen musste. Oder meine, je nachdem.

Ebenfalls ein herzliches Dankeschön an meinen Taufpaten Markus, den Altmeister der Fantasy und an die ganze Bande im Ideenreich Kreativhof. Sonne, Dozenten, Teilnehmer, einfach alle. Ihr seid die reinste Kreativtankstelle!

Außerdem ein Dankeschön an den Kollegen W. J. Krefting und an Philipp Pudelko, die vor rund sechs Wochen bei einem bierseeligen Abend als Geburtshelfer für dieses Buch praktizierten.

Im Juni 2018

Jorge de la Piscina

Leseempfehlung aus dem Epyllion Verlag

Die Elementarsturm-Chroniken: Kinder des Windes
Kieran L. McLeod

Auf Gaetan wandelten einst Götter unter den Sterblichen, mit ihnen verschwand die Magie aus der Welt. Als der junge Waliser Stuart seinen alten Freund Marten zu einer harmlosen Ausgrabung begleiten will, stellt sich schnell heraus, dass weder sein Freund noch die Ausgrabung so harmlos sind, wie sie scheinen. Welches Geheimnis verbirgt Marten vor Stuart?

Gleichzeitig droht im fernen Gaetan der fragile Frieden in den sieben Landen zu zerbrechen. Prophet Tananeas ist dem Geheimnis der verschwundenen Magie auf der Spur und schickt mit dem gemütlichen Samhein aus dem Volk der Hügelmenschen und dem ebenso arroganten wie zwielichtigen Therindor aus Merin ein ungleiches Paar auf eine gefährliche Mission quer durch besetztes Gebiet.

Als Stuart schließlich das 700 Jahre altes Familiengeheimnis lüftet, kreuzen sich die Wege aller und ein magisches Abenteuer beginnt: Eine uralte Macht erwacht, ein verschollenes Volk kehrt zurück und ein tyrannischer Gott beginnt eine gnadenlose Jagd.